Mo Kendrik/Astrid Korten

# Whispering Love

AF287844

# Whispering

# Love

MO KENDRIK

Roman.

# Impressum

Bibliografische Information der Deutschen Nationalbibliothek: Die Deutsche Nationalbibliothek verzeichnet diese Publikation in der Deutschen Nationalbibliografie; detaillierte bibliografische Daten sind im Internet über http://dnb.dnb.de abrufbar.

Lektorat/Korrektorat: Melanie Rüben

Covergestaltung: VercoDesign, Unna unter Verwendung von Covermotiv: adobe Stock / Xartproduction /adobe Stock / Athesham

www.astrid-korten.com

facebook Astrid Korten

Instagram Astrid Korten

Herstellung und Verlag: BoD – Books on Demand, Norderstedt

ISBN: 9783759721532

# ÜBER DAS BUCH

*„Für die Welt bist du irgendjemand, aber für irgendjemand bist du die Welt."*

(Erich Fried)

Minou Blancart erhält kurz vor ihrer Abreise nach Süd-Frankreich ein Bündel Briefe ihrer verstorbenen Schwester Lilly und eine Eintrittskarte zur Gemäldeausstellung *Les Aimants* im Pariser Musée d'Orsay.

Lillys Zeilen führen Minou in die schicksalsreiche Vergangenheit ihrer Schwester und zu einem flirrenden Sommer mit Lillys großer Liebe: Monsieur Inconnu...

Nachdem Minou die Briefe gelesen hat, ist für sie nichts mehr wie vorher. Sie steht vor einer schwierigen Entscheidung. Nun ist sie es, die einen Brief schreibt und ihn unter einem Stein auf Lillys Grab legt.

Zwei Tage später antwortet ihr eine gewisse Jane Avril. Minou wundert sich, denn Jane ist seit 40 Jahren tot...

*Ein unwiderstehlicher Roman über den Duft der Kindheit, den Zauber der Leichtigkeit, die Magie der Liebe und die Farbe im Leben... Poetisch, gefühlvoll, zauberhaft, und ein Roman, dessen Ende überrascht.*

**Erste Stimmen:**

„Das Buch ist eine Poesie, wie es, mit seiner Sprache, die man wohl, wie die Geister der Vergangenheit, von denen es erzählt, betörend nennen muss, das Leser geradezu süchtig macht, ihn verführt und ihm fast den Willen raubt. Der Roman lässt den Leser nicht mehr los, und wenn er glaubt zu wissen, wohin das alles führen wird, dann wird er getäuscht. Korten zeigt die vielen Facetten einer verletzten, traumatisierten Seele und deshalb ist dieser Roman so besonders und wird zu Recht mit geballter Sympathie überschüttet." **Westdeutsche Allgemeine Zeitung**

„Danke für dieses wunderbare Buch, dessen Ende total verblüffend war!. Unbedingt empfehlenswert!" **Jeanette Lube**

„Der Roman hallt lange nach, bleibt im Gedächtnis und hinterlässt einen bittersüßen Geschmack. Eine Perle der Literatur." **Manfred Bülow**

„Von mir als bekennenden Liebesromanverächter, volle 5 Sterne. Von dieser Sorte Bücher würde ich sogar noch mehr lesen. TOLLES WERK." **Mein Lesezauber**

„Emotion pur, auch zwischen den Zeilen – einfach wunderschön." **S. Wagner**

„Ein schriftstellerisches Kleinod zu schaffen, welches man zu lesen beginnt und erst nach der letzten Zeile wieder aus der Hand legen möchte." **Sarah**

Überarbeitete Neuerscheinung des Romans ‚Die verlorenen Zeilen der Liebe'.

# LILLY

*„Manchmal muss man den Boden unter den Füßen verlieren und die wichtigen Dinge des Lebens klären, um im siebten Himmel die Magie der Liebe zu erfahren ..."*

# KAPITEL 1

## *Gegenwart, Paris, Dezember 1983*

### CLEMENT

An einem Tag, der nicht so zufällig war, wie es den Anschein hatte, führte das Schicksal Clement Rozier, Polizeibeamter im 8. Arrondissement, ins Musée d'Orsay. Es war eine Schnapsidee, so kurz vor dem Ende seiner Mittagspause ins Museum zu gehen, zumal im Polizeipräsidium eine wichtige Besprechung anstand. Aber Clement wollte seine Frau heute Abend mit zwei Eintrittskarten für eine Führung durch die aktuelle Ausstellung *Les Aimants – die Liebenden –* überraschen, und bei der Gelegenheit auch Jacques kurz Hallo zu sagen. Sein ehemaliger Kollege arbeitete dort seit seiner Pensionierung als Wachmann und hatte immer über ein kleines Kontingent an Eintrittskarten.

Das Museum am Quai Anatole France machte seit Tagen mit seiner Themenausstellung Les Aimants Schlagzeilen. Hauptattraktion waren die Werke von Gustav Klimt wie Der Kuss oder Danaë, aber auch weitere Gemälde zum Thema Liebe. Aber nicht nur sie interessierten ihn. Es war seine Sehnsucht nach Marc Chagalls *Liebenden von Vence*, die Clement ins Museum trieb. Als hoffnungsloser Romantiker schwärmte er für Chagall. Seine Bilder waren für ihn der Inbegriff der Liebe.

Am Eingang begrüßte ihn eine wohlklingende Stimme. „Clement! Was für eine angenehme Überraschung, mein Freund."

Sein ehemaliger Kollege musterte ihn erfreut durch seine rot umrandete Brille, legte den Kopf leicht schief und schaute ihn erwartungsvoll an.

Clement verstand den Wink sofort. „Hallo Jacques. Du hast ja eine neue Brille! Die steht dir wirklich gut, Jacques."

„Danke. Aber bisher ist sie noch niemandem aufgefallen."

Jacques grinste. „Meine Frau meinte, ein wenig Farbe könnte selbst in meinem Alter nicht schaden."

„Farbe ist Leben, Jacques. Deine Frau hat jedenfalls einen guten Geschmack."

„Was führt dich ins Museum, mein Freund? Der Chagall? Es ist eine Leihgabe aus dem *MOMA* in New York."

„Ich möchte Marlene mit einer Führung durch die neue Ausstellung überraschen, Jacques. Hast du noch zwei Karten für mich?"

„Natürlich, Clement. Willst du vorher noch einen Blick auf die Bilder werfen? Sie sind großartig."

„Sehr gerne, Jacques", antwortete er.

Gemeinsam schlenderten die Männer durch die Gemäldegalerie des Museums, die noch immer den alten Bahnhof d' Orsay erkennen ließ. Dabei fiel Clement auf, dass es in dem sonst perfekt ausgeleuchteten Seitenflügel der Galerie überraschend dunkel war. Statt des gleichmäßig von oben einfallenden Lichts breitete sich in gewissen Abständen ein gedämpfter blauer Schimmer von den Sockelleisten nach oben aus. Er schmunzelte. Blau förderte die Wachsamkeit. Als ehemaliger

Dieb wusste er alles über diese Dinge und darüber, wachsam zu sein.

Vielleicht war es einmal anders gewesen, vor vielen Jahren, als er noch ein Teenager war, aber jetzt, als Polizist, war er es sogar gewohnt, auf seinen nächtlichen Streifzügen entlang der Seine von den vielen kleinen Lichtern der Pariser Wahrzeichen oder den Laternen angestrahlt zu werden und wachsam zu bleiben.

Als pubertierender Teenager war ihm das allerdings oft misslungen. In den belebten Läden oder am Strand von *Étretat* glitten ihm die Dinge, die er heimlich von den Touristen erbeutet hatte, leicht aus den Fingern. Sie fühlten sich an wie Fremdkörper, die nicht in seine Hand passen wollten. Dann rannte er zum Strand, denn die Gegenstände schienen leicht zu zittern, als ob sie sich selbstständig machten. Und sobald er das spürte, fielen sie zu Boden oder in den Sand. Dann blickte er traurig auf und erblickte in der Ferne seinen Leuchtturm. Nur eine Silhouette, im Atlantiknebel schwebend wie ein Tagtraum.

Aber das passierte ihm heute nicht mehr. Aus dem Dieb von einst war ein Hüter des Gesetzes geworden. Und natürlich sah er auch den Leuchtturm nicht mehr, denn er wohnte in Paris und nicht in seinem Geburtsort Étretat, hoch über der Alabasterküste der Normandie mit den steilen Klippen und bizarren Felsformationen, die den malerischen Ort zu beiden Seiten umrahmten.

Clement deutete auf den Seitenflügel. „Was ist das, Jacques?"

„Die Sicherheitseinrichtungen wurden optimiert. Blau ist der letzte Schrei. Hält uns bei Laune, behaupten die verantwortlichen Sesselfurzer der Verwaltung. Als ob wir den ganzen Tag schlafen würden. Egal. Komm, da drüben beginnt die Ausstellung *Les Aimants*. Sie wird dir gefallen."

Er zögerte keine Sekunde, Jacques zu folgen.

„Die Besucher stürzen sich sofort auf Klimt", sagte Jacques, als sie den Raum betraten, „aber ich habe nur Augen für L' Amour Perdu." Er seufzte. „Schau dir dieses Bild an, Clement! Es heißt *L' Amour perdu.* Ein sehr treffender Name. In dem Gemälde liegt die ganze Sehnsucht nach einer verlorenen Liebe."

Seine Augen blickten in die Richtung, auf die Clement gedeutet hatte. Auf den ersten Blick zeigte das Bild ein Lavendelfeld in der Provence. Aber je länger Clement es betrachtete, desto intensiver wurden die Farben. Auch das Licht veränderte sich, und nach einer Weile nahm er die zarten Farben des Mittelmeers zwischen Violett und Blau wahr. Nur eine einzige violettblaue Welle sprenkelte das Geschehen mit ihren zarten Schaumkronen. Sie war es auch, die violette Pastelltöne in die ansonsten bläulich dunstige Umgebung warf. Alles fügte sich zu einer zarten, pastellfarbenen Komposition aus Lavendel und Meer zusammen.

Der Zauber des Gemäldes zog Clement sofort in seinen Bann. Aber ... *Verdammt!* Plötzlich schlug sein Herz ein wenig schneller.

„Sag mal, Jacques, heißt die Künstlerin Lilly Blancart?", fragte er.

„Ja", antwortete Jacques. „Einer der Kuratoren hat das Bild vor zwei Jahren in einer kleinen Galerie entdeckt und sofort gekauft. Frau Blancart hat es kurz vor ihrem Tod gemalt. Je länger man es betrachtet ... Monet hat ähnliche Werke in Weiß geschaffen. Aber das hier ... Wunderschön, nicht wahr?", schwärmte Jacques.

Clement nickte. „Wie ein Tagtraum..."

Jacques zog die Augenbrauen hoch. „Was ist los, Clement? Du bist plötzlich so blass um die Nase."

*Ich habe alles verdrängt. Wie konnte ich Lilly nur vergessen?*

Er sah Jacques an. „Tut mir leid, Jacques, ich muss los. Wir haben gleich eine Besprechung und ich muss vorher noch etwas erledigen, was keinen Aufschub duldet. Bitte sei mir nicht böse."

Jacques verzog keine Miene, schien aber wenig Verständnis für seinen plötzlichen Aufbruch zu haben. Er blickte ihn mit einem *Das-kann-doch-nicht-dein-Ernst-sein-Blick* an, den Clement schon seit Ewigkeiten kannte.

„Du musst tun, was du tun musst, mein Freund. Ich begleite dich zum Ausgang." Jacques sah ihn an, als wäre seine Sympathie für ihn in Gefahr. „Willst du die Eintrittskarten mitnehmen?"

„Ja, bitte. Danke, Jacques. Wären drei auch möglich?"

„Sicher." Jacques holte die Eintrittskarten aus der Tasche seiner Uniformjacke und reichte sie Clement. „Ein Geschenk von mir. Ich wünsche dir einen schönen Tag. Bis morgen, Clement. Und mach's gut. Was immer du noch vorhast ..."

„Bis morgen, Jacques", antwortete er und verließ das Museum.

*Wie konnte ich nur ihre Briefe vergessen*, dachte er. *Wie konnte ich Lilly vergessen?*

Im Auto stellte sein Gehirn in fünf Sekunden einen Weltrekord im Treffen möglichst vieler Entscheidungen auf, und *Ich-komme-heute-nicht-zu-spät-zum-Abendessen*, war seine erste

Entscheidung. In Momenten emotionaler Erregung neigte er dazu, seine Gedanken sehr ausführlich zu sortieren. Insofern war ihm klar, dass er seine zweite Überlegung jetzt sofort in die Tat umsetzen musste.

Er griff nach seinem Handy und wählte die Nummer seines Kollegen im Polizeiarchiv.

„Wann haben Sie heute Feierabend, Pierre?" Er hörte einen Moment zu. „Gut, ich bin in vierzig Minuten bei Ihnen."

Sofort löste sich die leichte Anspannung in seiner Magengegend.

Nach einer kurzen Besprechung im Kommissariat ging er ins Archiv seiner Dienststelle. Der Karton mit der Aufschrift Blancart stand neben vielen anderen Akten, achtlos abgelegt, vergessen und verdrängt. Clement öffnete ihn und fand darin die Akte von Lilly Blancart, einer geheimnisumwitterten Künstlerin, die zu Lebzeiten Paris mit ihren Gemälden der Provence und des Mittelmeers verzaubert hatte. Als er die Akte an einer vertrauten Stelle aufschlug, fielen ihre blassblauen Briefe zu Boden. Er schloss kurz die Augen. Eine Geschichte tauchte auf.

Der Gedanke, sich noch einmal der Sinnlichkeit ihrer Briefe und ihrer Geschichte hinzugeben, war verlockend, aber wozu? Er kannte Lillys Geschichte. Die meisten Menschen erlebten selten eine so starke und so frühe Leidenschaft wie diese junge Frau. Und wenn doch, dann erinnerten sie sich lächelnd daran und taten es als Schwärmerei ab, die mit der Zeit erlosch. Man wusste nie, wen die Liebe traf, wann sie zuschlug und ob sie von Dauer war. Lilly hatte gewusst, dass man sich dem Anblick der Liebe nur aussetzen musste, dass sie kein Ende hatte, nur einen Anfang.

Clement bündelte die Briefe, nahm ein Taxi in die Rue Velvet und warf sie in den Briefkasten von Lillys Schwester Minou Blancart.

Auf dem Heimweg bewunderte er den blassblauen Winterhimmel. Je länger er hinaufschaute, desto mehr glaubte er, Lillys Lächeln zu sehen. *Mit der Liebe muss man behutsam umgehen,* dachte er, *wie mit einem kleinen Mädchen, dem man verspricht, es auf den Schultern festzuhalten, wenn es die Äpfel vom obersten Ast stehlen will.* Er dachte auch an Marlene, die er über alles liebte, und an das Glück, das wie ein Vogel hoch oben in der Baumkrone saß, seine Flügel ausbreitete und sich von der Sonne wärmen ließ. Wie das Musée d'Orsay selbst hatte jedes Bild seine eigene Geschichte.

Heute würde er seiner Frau Lillys Geschichte erzählen. Sein letzter Gedanke war ein perfekter Abschluss für diesen Tag.

# KAPITEL 2

## Paris, zwei Wochen später

## MINOU

Minou drehte sich wieder um und ging ins Wohnzimmer. Jeder einzelne Augenblick in diesem Raum war wichtig gewesen, Minute für Minute. Es schien ihr immer noch bedeutsam, sich alle Einzelheiten einzuprägen, um nicht Stück für Stück die Erinnerung auszulöschen. Doch die Zersetzung der Erinnerung hatte bereits begonnen. Bildete sie sich ein, dass Lillys Duft noch immer in diesem Raum hing? An der langen weißen Theke standen zwei Barhocker, mit weißem Leder bezogen. Eine Ledercouch und zwei Stoffsessel schimmerten in dezentem Violettblau. An den Wänden hingen zarte Aquarelle. Lilly hatte den einmaligen Zauber und das besondere Licht der Provence und das Mittelmeer mit Pinsel und Farbe auf ihren Bildern eingefangen. Sie bestachen nicht nur durch idyllische Motive. Vielmehr entführten die Bilder den Betrachter in Lillys Welt: Sie machten Lust auf einen Spaziergang durch die sonnenverwöhnten Weinberge oder entlang der schönen Strände der Côte d'Azur.

Beim Betrachten kamen die Erinnerungen an die gemeinsame Kindheit auf. Sobald Minou die Augen schloss, konnte sie für einige Minuten dem Alltag entfliehen und Hand in Hand mit Lilly über die Lavendelfelder gehen, die lichtdurchflutet waren, wie dieses Zimmer. Grün-, Blau- und Violett-Töne dominierten auch den Wohnraum, weshalb das Appartement den Namen „Das Traubenzimmer" erhalten hatte. Die Zimmerpflanzen sahen heute jedoch trostlos aus und ließen ihre

Blätter hängen. Auf dem Couchtisch standen verwelkte Rosen und beleidigten Minous Augen. Entsetzt hielt sie den Atem an. *So weit ist es mit mir gekommen.* Die welken Rosenblätter erinnerten sie an all das, was sie vor zwei Jahren verloren hatte – Lilly, ihre Schwester, ihre Freundin, ihre Vertraute.

Einen verrückten Augenblick lang wollte sie Lilly anrufen. *„Du ahnst nicht, wie leer mir das Traubenzimmer ohne dich vorkommt."*

Warum wollte sie Lilly dauernd erzählen, was sie komisch, traurig oder schrecklich fand? In welcher Stimmung sie war, wusste sie im Moment selbst nicht genau. Wahrscheinlich erweckte der Abschied von Lillys Wohnung alle drei Impressionen zugleich. Und dann diese Briefe, deren Inhalt sich in ihr Hirn gebrannt hatte.

Sie griff nicht zum Telefon, sondern stand einfach nur da, fühlte sich ausgelaugt und versuchte, die Leere ringsum zu ignorieren. Sie schloss einen Moment die Augen, verzweifelt bemüht, ihren Schmerz über Lillys Briefe zu verdrängen.

Nach einer Weile betrat Minou das Badezimmer. Im Spiegel blickte ihr eine sechsundzwanzigjährige Frau mit langen blonden Haaren entgegen. Das ovale Gesicht noch schmaler als sonst, die pfirsichzarte Haut blass, die blauen Augen voller Trauer. Mittelmeeraugen hatte Lilly sie genannt.

Sie warf ihr Nachthemd achtlos auf den Boden, drehte den Hahn auf und stellte sich unter die Dusche. Während das Wasser auf ihren Körper prasselte, gingen ihr die Zeilen durch den Kopf, die sie gestern an Lilly geschrieben hatte und heute auf ihr Grab legen wollte.

*Liebste Lilly,*

*zwei Jahre war ich nicht dort. Ich wollte dir nah sein und bin nach deinem Tod einfach in Paris geblieben.*

*Familie ... „Du kannst sie nicht ausstehen, oder?", meldet sich meine innere Stimme stets, sobald ich deswegen Gewissensbisse bekomme. Sie war schon immer eine miese Verräterin und darauf bedacht, mir ein schlechtes Gewissen einzuflößen.*

*Nein, ich liebe meine Familie.*

*Es kommt vor, dass man mit Leuten verwandt ist und nicht fühlt, dass sie einem nah stehen, und man sie verlässt. Freiwillig, zwei Jahre lang. Und nun die Idee, zurückzukehren und ihnen deine Briefe zu zeigen, um die verlorene Zeit wieder aufzuholen, um zu sagen, wie viel Zeit noch bleibt. Um der Wahrheit Willen. Und seitdem ...? Nichts.*

*Mit Papa, ja, manchmal telefonieren wir miteinander oder ich schreibe ihm. Er bedeutet mir viel. Und Großmutter. Sie weiß nicht mehr, dass sie meine Großmutter ist. Ihr Gedächtnis hat mich verloren und spielt ihr auch in anderen Dingen viele Streiche. Und Mama. Seit meiner Kindheit habe ich Angst vor ihr. Warum das so ist, weiß ich nicht genau. Ich erahne den Grund. Auch deshalb muss ich zurückkehren.*

*Es könnte so schön werden, wie in einem Roman, wo alles gut ausgeht. Wir würden uns am Ende mögen. Wir würden über dumme Sachen lachen. Die Augen verschließen vor Fehlern. Oder sie würden mir Vorwürfe machen, mir nichts verzeihen. Nur, was das sein könnte, entzieht sich meiner Kenntnis. Aber gewiss würden sie weinen und schreien wie in sinnlosen Fernsehserien. Sie waren schon immer so.*

*Geheimnisse, Tränen, Vorwürfe. Damit kennen sie sich aus, Lilly. Aber was werden sie tun, wenn ich ihnen deine Briefe zeige, ihnen sage, dass ich danach nicht mehr wiederkomme? Dass ich*

*ihr Geheimnis kenne und ihnen deswegen nicht verzeihen kann?*
*Endgültig. Zerstöre ich damit nicht unsere Erinnerungen? Was*
*wird passieren? Es ist nicht vorhersehbar. Und dennoch ...*

*Ich muss ihnen sagen, was im Traubenzimmer geschehen ist,*
*und warum ich in Paris geblieben bin. Ich habe nach zwei Jahren*
*Abwesenheit beschlossen, trotz meiner Angst zurückzukehren*
*und Mama und Papa wiederzusehen.*

*Es gibt im Leben viele Motivationen, die niemanden etwas ange-*
*hen, als einen selbst. Die einen drängen wegzugehen und nicht*
*zurückzublicken. Gleichzeitig gibt es genauso viele Motivatio-*
*nen, die einen dazu drängen, wiederzukommen.*

*Ich habe beschlossen, zurückzukehren, diese Reise zu machen*
*und ihnen die Wahrheit ins Gesicht zu schleudern, sie persönlich*
*anzukündigen. Um mir und den anderen ein letztes Mal die Illu-*
*sion geben zu können, bis zu diesem absoluten Moment, mein ei-*
*gener Herr zu sein. Sie werden mich dafür hassen. Wir werden*
*sehen, was geschehen wird.*

*Ich habe Angst. Angst haben bedeutet, den Tod täglich in*
*Schlückchen zu trinken, die Träume und Wünsche zunichtezu-*
*machen, die Zeit selbst zu löschen, hoffnungslos im Strudel des*
*Nichts. Du weißt, wovon ich spreche.*

*In Liebe*

*Deine Minou*

# KAPITEL 3

## *Paris, Dezember 1983*

### CLEMENT

Der Friedhof Père-Lachaise wirkte auf Clément Rozier so friedlich, als kündigte er nach dem Tod ein erfülltes, glückliches Leben an. Vielleicht, weil *die Tombes* der großen Dichter und Denker, Schauspieler und Künstler dort lagen, umgeben von Bäumen, die tänzelnde Schatten auf die Gräber warfen. Er kannte ihre Biografien und die Geschichten von ihren Sorgen und Nöten am Tag und von ihren Erlebnissen in der Nacht. Sobald Clément den Friedhof betrat, kam es ihm deshalb vor, als würde er seine Freunde besuchen: Molière, Honoré de Balzac, Appolinaire, Chabrol, Delacroix, Édith Piaf, Maria Callas oder die Tänzerin, Jane Avril. Und unter all den Ruhestätten lag auch Lillys Grab. Sie hatte er persönlich gekannt.

Es war Vormittag. Noch war der Himmel über Clément weiß und matt wie schimmerndes Seidenpapier, aber die ersten Sonnenstrahlen durchbrachen bereits die Wolkenschicht. In der vergangenen Nacht hatte es geschneit und die Waldpfade waren mit einer pudrigen Schneeschicht überzogen.

Clément trat durch das Tor und wollte sich zu dem Teil des Friedhofs begeben, in dem Lilly begraben lag, als eine junge Frau in einem braunen Wollmantel an ihm vorbeieilte. Die Art und Weise, wie sie über die geschwungenen Waldpfade des Friedhofs ging, hatte etwas Entschlossenes, so als wollte sie sich von ihrem alten Leben verabschieden. Endgültig. So kam es Clément vor.

Kurz darauf stand sie mit den Händen in den Taschen da und

starrte auf Lillys Grab, das kleiner war als die umliegenden *Tombes* der berühmten Persönlichkeiten. Sie nahm etwas aus ihrer Manteltasche und steckte es zwischen die Blumen. Was es genau war, konnte Clément aus der Entfernung nicht erkennen. Dann warf sie dem Grabstein eine Kusshand zu, drehte sich um und verließ den Friedhof, als hätte sie soeben eine Entscheidung getroffen.

Clément holte tief Luft, wartete, bis die junge Frau außer Sichtweite war. Dann trat er auf den Weg hinaus, um ihren Spuren im Schnee zu dem Grab zu folgen.

Gefrorene Blumen und ein flackerndes Windlicht standen auf der dünnen Schneeschicht, die die Grabfläche bedeckte. Zwischen den Blumen lugte ein Umschlag hervor. Er kämpfte sichtlich gegen den Widerstand an, den es zwischen seiner Hand und dem Brief zu geben schien, bis er ihn schließlich nahm und in seine Jackentasche steckte.

Clément stand noch eine Weile reglos vor dem Grab, dann drehte er sich um, knöpfte seine Jacke zu und verließ den Friedhof. Hinter den Bäumen schimmerte mit einem Mal die Wintersonne und es erhob sich ein strahlend blauer Himmel. Ein gutes Omen, dachte er und lächelte.

Erst viel später setzte er sich in seinem Arbeitszimmer an den Schreibtisch, öffnete den Umschlag und las Minous Zeilen an Lilly. Danach dachte er einen Moment über die Liebe und das Glück nach. Wie groß sie sein konnten, und wie schwer einzufangen, wie ein Schmetterling, der aus dem Himmel geflohen war. Wie fand eine Frau wie Minou in schweren Zeiten einen Ausweg? Was könnte er Minou Tröstliches sagen? Sie war eine junge Frau, die mitten im Leben stand, während ihre Schwester in der kalten Erde lag. Fühlte sie sich vielleicht schuldig? Sie hatte zwei Jahre in Lillys Wohnung verbracht. Das Licht oder die Dunkelheit zu teilen, das war pure Liebe. Minou hatte ihre Schwester geliebt. Aber auch Versöhnung und das Verzeihen gehörten zur Liebe. Er fühlte sich verpflichtet, Minou einen Ausweg zu zeigen, ihr zu helfen. Das was er Lilly schuldig. Und er wusste auch wie. Nicht umsonst hatte er die Geschichten über die Toten vom Friedhof Père-Lachaise gelesen.

Clément nahm Briefpapier und seinen Montblanc aus der obersten Schublade des Schreibtisches.

# ZWEI JAHRE ZUVOR

*„Liebe widerstrebt listig der Frage nach dem Warum. Wer beschreiben will, warum man jemanden liebt, gerät ins Stammeln."*

**Sten Nadolny**

# KAPITEL 4

## *1981*

## LILLY

Lilly war zwar fest entschlossen, an der Universität Sorbonne einige Semester Kunstgeschichte und Literatur zu studieren, doch noch mehr freute sie sich darauf, die quirlige Lebendigkeit der Stadt der Liebe kennenzulernen. Die Sorbonne bot unter dem Titel „Gründungsmythen Europas in Literatur und Malerei" eine Seminarreihe an und ihr Vater hatte eines Tages den Entschluss gefasst, seiner jüngsten Tochter das Studium zu ermöglichen. Wo ihre Mutter an diesem Tag war, wusste sie nicht, auch nicht, was sie tat. Sie hatten nie darüber gesprochen.

An alles andere erinnerte sich Lilly: Ihr Vater hatte stolz in seiner Stammkneipe von den Plänen seiner Tochter erzählt und schließlich auch ihre Mutter überzeugt. Er war der Meinung, dass die Sonne in Lillys Bildern die Seele wärmte und an unbeschwerte Stunden denken ließ. „In Paris wird man Lillys Talent fördern, denn unsere Tochter hat die Gabe, dem Licht des Augenblicks und der Farbe eine besondere Bedeutung zu geben", hatte er seine Entscheidung begründet. „Sie ist eine begabte Schriftstellerin und eine fantastische Malerin. Erkennst du das denn nicht, Magda?"

Ihre Mutter hatte sie daraufhin bis vor ihrer Abreise abweisend und streng behandelt wie in den Jahren zuvor. Vielleicht hätte sie selbst gern einige Semester in Paris studiert. Vielleicht war sie eifersüchtig und fand es ungerecht, dass ihr in der Jugend der Wunsch verwehrt geblieben war, in Paris zu studieren oder dort die Liebe zu kosten. Vielleicht hatte ihre

Mutter mal mit dem Teufel paktiert und Gott hatte ihr deshalb einiges vorenthalten.

„Mama, die Liebe ist doch die schönste Sache der Welt. Man bleibt die ganze Nacht wach oder steht früh um vier auf, um entlang der Seine zu spazieren", hatte Lilly eines Tages in der Küche gesagt, während sie ihrer Mutter beim Abwaschen half.

Ihre Mutter hielt ihre Hände ins heiße Wasser, den Rücken bequem über das Becken gebeugt. Ihre Blicke begegneten sich zuerst im Glas des Küchenfensters. Lilly wandte sich nicht verlegen ab, sondern hielt den Blick fest, als hätte sich über dem Kopf ihrer Mutter eine Art Sprechblase gebildet, in der sie ihre Gedanken lesen konnte.

Lilly zog die Stirn ein wenig in Falten, und ihre Mutter, der es nicht behagte, dass Lilly ihr mit ihren dunklen Augen so ungeschützt ins Gehirn schauen konnte, schenkte ihrer Tochter ein kurzes Lächeln.

„Wenn Gott nicht bereit ist", fuhr Lilly fort, „mich in dieser Stadt auch mit der Liebe bekanntzumachen, soll er mich eben sterben lassen, auf welche Weise auch immer."

Ihre Mutter tippte sich an die Stirn. „Du weißt nicht, was du da sagst, Kind."

*Kind?* Verdammt, sie war erwachsen. Sie grinste. „Doch. Aber ..."

Ihre Mutter runzelte die Stirn. „Aber was, Lilly?"

„Papa hat immer gesagt, dass deine Maschine, in der dein Gott es sich gemütlich gemacht hat, manchmal zu altmodisch tickt."

Eisige Stille.

Lilly sah ihrer Mutter in die Augen, die einen eigenartigen Glanz bekamen. Auch ihr Lächeln war erloschen. Sie tauchte ihre Hand in das Spülbecken. Unversehens klatschte sie ihr den nassen Lappen an den Kopf. Sekunden später traf Lilly die flache Hand und sie spürte den Schmerz auf ihrem Gesicht. „Wie kannst du es wagen! Geh mir aus den Augen! Verschwinde."

Das Wasser tropfte über ihre Schultern und in den Ausschnitt ihrer Bluse. Lilly zuckte mit den schmalen Schultern, kicherte und täuschte Gleichgültigkeit vor.

In der Nacht hatte damals der Blick ihrer Mutter sie aber nicht einschlafen lassen. Sie hatte sich seitdem häufiger gefragt, was wohl der wahre Grund für die heftige Ohrfeige gewesen sein mochte und ob ihre Gedanken tatsächlich eine große Sünde wären. Minou war jedenfalls ebenso dieser Meinung. Es gäbe doch wichtigere Dinge als die Liebe, behauptete sie. Aber diese anderen Dinge konnten Lilly gestohlen bleiben.

Vor ihrer Abreise hatte sie noch feurige Liebesgedichte an ihren imaginären *Monsieur Inconnu*, geschrieben, die nicht frei von frechen Andeutungen gewesen waren.

Eines Tages hatte ihre Mutter beim Aufräumen die erotischen Zeilen an ‚*den Unbekannten'* unter der Matratze entdeckt, ihrem Vater gezeigt und einen Streit entfacht. Nach Ansicht ihrer Mutter besudelte sie mit Worten wie ‚Knospen' oder ‚Vulva' nicht nur sich, sondern den Ruf der ganzen Familie. Während ihre Mutter sie den ganzen Tag verflucht hatte, hatte ihr Vater nur gelächelt.

„Wir müssen loslassen, Magda. Lilly kann in Paris bei meiner Schwester Beatrice wohnen. Sie vermietet doch ihre Appartements an Studenten aus gut situiertem Elternhaus.

In Paris kennt zudem niemand ihre Geschichte. Aber hier in der Provence ..."

Er blickte dabei über den Brillenrand, sah den stillen Protest in den Augen seiner Frau.

„... Und Minou sollte auch endlich ein eigenes Leben führen können", fuhr er fort. „Sie hat sich schon zu lange um Lilly gekümmert. Die ‚ältere Schwester' ist nicht zwingend eine Berufsbezeichnung und ..."

Ihrer Mutter war die Röte ins Gesicht gestiegen. „Moment mal", unterbrach sie. „Das scheint ja dann beschlossene Sache zu sein. Ich ... ich weiß auch nicht. Beatrice ist eine Klatschbase. Schon deshalb behagt mir der Gedanke nicht sonderlich."

„Beatrice hat all die Jahre geschwiegen und sie wird sich auch jetzt nicht zu dieser alten Geschichte äußern."

„Schon gut. Ich habe Lilly übrigens neulich geohrfeigt und konnte ihr nicht sagen, dass es mir leidtat."

„Ach, Magda, lass los. Du musst sie endlich loslassen", hatte ihr Vater geantwortet und ihre Mutter dabei zärtlich umarmt.

„Lilly geht es doch gut."

„Bist du dir da sicher, Benedikt?"

„Absolut."

Ihr Vater hatte auch Minou einen Vortrag gehalten. Der Punkt war, dass ihre Schwester es immer als notwendig angesehen hatte, die große Beschützerin zu sein – einen Job, für den sie sich wohl als geeignet hielt. Minou war immer für sie da gewesen, hatte sie vor vielen Jahren in eine Welt zurückgeholt, der sie als fünfjähriges Kind entrissen worden war. Sie selbst hatte an diesen Abschnitt ihres Lebens kaum noch Erinnerungen. Sie wusste nur, dass es Minou gewesen war, die sie als erstes Familienmitglied an der Haustür stürmisch begrüßt und in die Arme genommen hatte. Minou hatte seitdem beschlossen, dass ein wesentlicher Bestandteil ihres Lebens sein würde, auf ihre kleine Schwester aufzupassen. Es hatte Minou getröstet, die damals überlegene, reife große Schwester zu spielen, die das eigensinnige, unbedachte kleine Mädchen maßregelte, vermutete Lilly. Sie ahnte, was Minou ihretwegen hatte durchmachen müssen, nachdem sie immer wieder davongelaufen war oder sich auf dem Spielplatz nach einem sinnlosen Geplänkel von Minou losgerissen hatte. Einmal war sie nach dem stundenlangen Umherirren auf einer Bank eingeschlafen, wo die Polizei sie auffand und wieder nach Hause brachte. Die Erinnerung an diese Zeit hatte sie jedoch verloren, sie existierte nicht, und die unmittelbare Zeit danach hatte sich im Laufe der Jahre ebenfalls verflüchtigt. Auch wurde der Vorfall, wie ihr Vater ihr Verschwinden einmal genannt hatte, von der Familie mit keinem Wort erwähnt. Ob das die Geschichte war, über die Beatrice nicht sprechen sollte? Lilly hatte da so ihre Zweifel. Wenn sie in Paris war, würde sie der Sache auf den Grund gehen.

„Man spricht nicht über Gott, wenn der Teufel neben ihm steht", hatte ihre Mutter einst auf ein Hinterfragen geantwortet. Mehr kam nicht. Von niemandem.

Eine Frage, drei ausweichende Antworten ihrer Familie und dieses kleine Lächeln ihrer Mutter, ganz sie selbst. Ja, so war ihre Mutter.

Minou hatte ihr als Kind das Versprechen abgenommen, nie wieder so etwas Verrücktes zu tun wie davonzulaufen, und Lilly hatte ihr Wort gehalten.

„Lilly geht nach Paris, an die Sorbonne", hatte ihr Vater eines

Tages gesagt. „Das Kind hat Talent. Ende der Nörgelei, Magda. Ende der Diskussion!"

Lilly erinnerte sich an den Blick ihrer Mutter: die Augen geöffnet, so als hätten sie sich verausgabt, glasig, als sei das Leben aus ihnen erloschen. Keine Antworten. Kein Lächeln.

Am Tag ihrer Abreise waren die Nerven mit ihr durchgegangen, vielleicht, weil sie in der Nacht schlecht geschlafen hatte, und fast wären sie im Streit auseinandergegangen. Sie war früh aufgestanden, hatte gefrühstückt, sich angezogen und war gegen acht Uhr reisefertig. Sie schaute nur noch einmal in ihrem Zimmer nach, ob sie nichts Wichtiges vergessen oder übersehen hatte mitzunehmen. Immerhin würde Lilly über zwei Jahre in Paris bleiben, vielleicht sogar für immer. Wer wusste das schon. Aber dann hatten ihre Eltern den Abschied hinausgezögert. Ihr Vater stand da und schaute sich um, als prüfte er, ob alle Dinge an ihrem Platz waren, oder als müsste er sich einprägen, was wo stand oder lag, wie das so war bei den letzten Blicken zurück. Dann hatte er sie angesehen und Tränen in den Augen gehabt, als wäre es ein Abschied für immer.

„Mama! Ich reise ab. Das Taxi wartet."

„Ich bin noch nicht fertig, Lilly!"

„Konntest du dich nicht vorher umziehen, Mama?", nörgelte Minou.

„Vorher?", rief ihre Mutter. „Du bist ja gut, Minou. Vorher habe ich Lillys Koffer gepackt, während du dich vor dem Spiegel bewundert hast. Und …"

„Apropos im Spiegel bewundern, Mama", fiel Lilly ihrer Mutter ins Wort.

„Das reicht, Lilly", mischte sich ihr Vater ein, der nicht mehr um seine Fassung rang. „Mama hat das Recht ihre Tochter zum Abschied beeindrucken zu wollen."

Lilly zuckte die Schultern. „Kein Grund, sich wie eine Transe anzuziehen."

„Wie eine Transe? Vielen Dank, mein Kind."

Lilly ging auf ihre Schwester Minou zu und schenkte ihr einen Blick voller Zärtlichkeit und ein Lächeln, aber keine Umarmung. Sie küsste niemanden, nicht einmal ihre eigene Mütter.

An der Haustür hielt ihre Mutter sie einen Moment zurück. „Du denkst, dass ich dich nicht liebe, dich nicht verstehe, Lilly. Du hast Recht. Ich verstehe dich nicht. Aber ich liebe dich." Sie hob ihren Zeigefinger und tippte Lilly an die Stirn. „Das kannst du dir aufschreiben für einen deiner Romane! Wie alt bist du jetzt?"

„Das weißt du doch, Mama. Ich bin zwanzig."

Und wieder kein Lächeln, kein Nicken, kein Verständnis.

„Hör zu, Lilly. Tue einfach das, was du zu tun hast. Ich sag dir das nur für die Zukunft. An die muss ich denken. Ich bedaure die Zeit, die wir beide in den vergangenen Jahren verloren haben, die ich verloren habe. Du denkst genau wie dein Vater. Ihr seid euch sehr ähnlich."

„Was redest du denn da, Magda? Halt den Mund!"

Lilly sah das Entsetzen im Gesicht ihres Vaters. Sie verstand das alles nicht. Ihre Mutter sagte immer „dein Vater" und ihr Vater tat das Gleiche, wenn er von Mama sprach, dann sagte er „deine Mutter." Das war nicht fair. So versuchten sie sich aus der Affäre zu ziehen, indem sie taten, als wäre sie diejenige, die für alles verantwortlich war. Das nächste Mal würde sie besser auf eine plötzliche Gefühlsduselei ihrer Mutter vorbereitet sein.

Sie eilte zum wartenden Taxi, ohne sich noch einmal umzudrehen.

# KAPITEL 5

## *Paris*

Ruhig und schmal war sie, die Rue Vernet. Sie verlief nahe dem Triumphbogen, parallel zu den Pariser ,Champs', den Champs-Élysées, innerhalb des legendären ,Goldenen Dreiecks'. Das historische achtstöckige Gebäude von Beatrice Marlót fügte sich mit architektonischem Feingefühl in die faszinierende Straße ein.

Beatrice war das Gebäude vor vielen Jahren neben einer großzügigen monatlichen Apanage nach ihrer Scheidung von ihrem Exmann Émile zugesprochen worden. Seitdem bewohnte sie im obersten Stockwerk eine lichtdurchflutete 250-qm-Wohnung mit einem atemberaubenden Ausblick auf Paris.

Lilly mochte Tante Beatrice auf Anhieb. Auf ihr Klingeln öffnete eine ältere Dame von mittelgroßer, zierlicher Gestalt die verglaste Eingangstür. Obgleich sie mittlerweile siebzig Jahre alt war und Lilly sie seit zehn Jahren nicht mehr gesehen hatte, erkannte sie ihre Tante sofort.

Beatrice musste einst eine vollendete Schönheit gewesen sein, mit lebhaften, großen, braunen Augen, langen Wimpern, einem sanften und bescheidenen Blick. Das dunkle Haar war von Silberfäden durchzogen und kurz geschnitten.

„Herzlich willkommen, Lilly. Wie sehr ich mich darüber freue, dass du dich durchsetzen konntest, ma chérie."

Ihre Tante umarmte sie und drückte sie fest an sich. „Deine Mutter hat bestimmt getobt wie ein Berserker."

„Stimmt, Tante Beatrice."

„Nenn mich bloß nicht Tante. Ich bin doch keine alte Frau. Beatrice reicht vollkommen." Beatrice nahm ihre Hand und musterte sie von oben bis unten. „Du bist ja eine echte Schönheit geworden, Lilly. *L'homme de Paris* wird dir zu Füßen liegen. Aber komm erst einmal herein." Sie lächelte. „Ach was, nicht nur ein Mann, alle Männer werden dich umschwärmen wie eine Motte das Licht. Du wirst in das Appartement Traubenzimmer einziehen, Lilly."

„Traubenzimmer?"

„Unsere Appartements haben alle einen Namen. Die Wohnung wird dir gefallen, mein Kind. Sie ist nur für Familienmitglieder und allerbeste Freunde bestimmt, weil mich dort alles an Émile erinnert, den ich sehr geliebt habe."

„Émile?"

„Mein verstorbener Ehemann. Er war ein leidenschaftlicher Winzer und hat mir dieses Haus hinterlassen. Im Appartement hängen an den Wänden deshalb auch die schönsten Fotografien und Aquarelle von unserem Weingut, *La perle du soleil'* in Vaison-la-Romaine." Beatrice seufzte selig. „Wenn du dich eingelebt hast, mein Kind, dann werde ich dir einige wundervolle Weine hochbringen lassen."

Lilly bezog wenig später das sonnige Apartment in der siebten Etage mit hell gehaltenen Möbeln und floralen Textilien, anheimelnden Hölzern der großen Flügeltüren, einem riesigen Badezimmer und einer praktischen Einbauküche. An den Wänden hingen tatsächlich atemberaubende Aufnahmen von lichtdurchfluteten Weinbergen. Das Appartement war ebenfalls in den provenzalischen Tönen gehalten - Ocker, Lila, Grün und Blau. Pariser Flair stellte sich erst beim Öffnen der Fenster ein, beim Hinausschauen auf die schmiedeeisernen Balkongitter, die Stuckfassaden, die Balustraden, die ausgefahrenen

Markisen, beim Blick über die Dächer, stets unterlegt mit dem entfernten Summen der Stadt. Sie ließ den Blick weiter hinauf wandern, sah die Dächer der Häuser, die Terrassen mit den Geranien und der Wäsche, die zum Trocknen an den Leinen hing, und dachte: *Ein idyllischer Ort im Herzen von Paris.*

An der linken Wand der Dachterrasse rankte sich ein Weinstock empor und seine dunklen Trauben lockten sie an. Wer war bloß auf die Idee gekommen, mitten in der Stadt einen Rebstock zu züchten? Vielleicht Beatrice, aus einer nostalgischen Laune heraus, wegen einer verloren gegangenen Liebe? Sie würde ihre Tante bei Gelegenheit danach fragen.

Die Apartments in den darunterliegenden Stockwerken hatte ihre Tante an Studenten vermietet, deren Eltern sich eine Mixtur aus französischem Charme des beginnenden 20. Jahrhunderts mit modernem Interieur leisten konnten.

Beatrice hatte das Gebäude vor vielen Jahren akribisch restaurieren lassen. So war es ein Genuss, das Frühstück unter der Jugendstil-Glaskuppel in ihrem Salon einzunehmen, zu dem Beatrice die Bewohner des Hauses jeden Sonntag einlud.

Hinter dem Gebäude lag ein kleiner, aber prächtiger Park.

Lilly ließ – nachdem sie die Koffer ausgepackt und ein Bad genommen hatte - ihren Blick über den Garten schweifen: Die perfekt gepflegten Wege, Steinstufen aus rötlichem Granit, verbanden die einzelnen Kunstobjekte des Gartens, ein Rosenbeet und eine alte Eiche, miteinander. An der Gartenmauer rankten ebenfalls Weinstöcke empor. Weiter hinten arbeitete ein älterer Mann mit einem Strohhut auf dem Kopf, der Lilly spontan an Vincent van Gogh erinnerte. Über seinem Kopf flatterten bunte Schmetterlinge hin und her, als würden sie ihm Anweisungen geben. Von Beatrice erfuhr sie, dass er Jérôme hieß und den Garten und das Haus in Ordnung hielt. Er hörte kurz mit dem Rechen des Laubs auf, als er Lilly auf der Terrasse entdeckte und winkte ihr zu: „Bonjour, Mademoiselle Lilly."

Sie hob die Hand und erwiderte seinen Gruß. „Bonjour Jérôme."

Wenige Tage nach ihrer Ankunft stand sie am Morgen schon um sechs Uhr auf, ging ins Badezimmer und fegte mit einem Schwung den Inhalt des Medikamentenschränkchens in den Abfalleimer. Bewusst erleben, lautete ab sofort ihre Devise. *Ich brauche keine Medikamente gegen gelegentlich auftretende Verstimmungen.* Die rosafarbenen Pillen umnebelten nur ihr Hirn. Sie fühlte sich klar und frisch wie ein sprudelnder Wasserfall. Paris – die Stadt der Liebe - brachte sie dazu, sich wirklich gut zu fühlen. Wozu also Happy-Pillen?

Gegen zehn Uhr betrat sie in einem sackartigen Mantel und hochhackigen Schnürschuhen zum ersten Mal das Pariser ‚Café de Flore'. Das im Quartier Saint-Germain-des-Prés gelegene Café befand sich an der Ecke des Boulevard Saint-Germain 172 und existierte seit 1887. Seinen Namen verdankte das Café einer Skulptur der Göttin Flora, die auf der anderen Straßenseite stand. Intellektuelle wie Jean-Paul Sartre und Simone de Beauvoir, sowie Künstler wie Alberto Giacometti oder Pablo Picasso, waren regelmäßige Gäste gewesen. Jedes Jahr wurde dort im November der Literaturpreis ‚Prix de Flore' verliehen.

Das ‚Café de Flore' kannte keine Sperrstunde, wie sie von Fee erfahren hatte. Sie schmunzelte bei dem Gedanken an Fee.

Lilly hatte die temperamentvolle Spanierin, die eigentlich Felicitas Gonderra hieß, bei Beatrices Sonntagmorgen-Frühstück kennengelernt. Fee bewohnte ein Apartment im dritten Stockwerk und studierte wie sie Literaturwissenschaften an der

Sorbonne. Von ihr erfuhr Lilly auch, dass Künstler im ‚Café de Flore' für wenig Geld einen Tisch für die ganze Nacht besetzen konnten. Wenn sie einschliefen, durften die Kellner sie nicht wecken.

Es gab aufgrund von Meinungsverschiedenheiten oder übermäßigem Alkoholkonsum häufig Streit unter den Studenten und Künstlern, aber die Polizei scherte sich dort nicht um Prügeleien. Das ‚Café de Flore' war in Lillys Augen der ideale Ort, sich um einen Studentenjob als Kellnerin zu bewerben und ihren 21. Geburtstag zu feiern. Sie bekam den Job und war so glücklich, dass sie am liebsten die ganze Welt umarmt hätte. Sie fühlte sich wie ein Schmetterling, der bald seinen Kokon verlassen sollte.

# KAPITEL 6

## LUCIEN

Lucien Declerque warf lächelnd einen letzten Blick auf den Vertrag. Dann legte er die Mappe beiseite und lehnte sich auf dem Rücksitz seiner Limousine zurück. Er hatte vor einer halben Stunde den Auftrag erhalten, den prunkvollen Palast einer arabischen Prinzenfamilie auszustatten, der mit seinen in allen Schattierungen der Wüste schimmernden Fassaden an die großen Gebäude des Alten Orients erinnerte. Das Anwesen sollte nun eine ebenso wertvolle Innenausstattung erhalten.

Als sein Autotelefon Signale von sich gab, sah er auf das Display, das den Namen seines Geschäftspartners und Freundes Tom Becker anzeigte.

„Hallo Tom."

„Ist der Vertrag unter Dach und Fach?"

Lucien grinste und zwinkerte seinem Chauffeur zu, der ihn im Rückspiegel ansah.

„Sie waren sehr angetan von deinen Entwürfen, Tom. Die Verträge sind unterschrieben."

„Das ist fantastisch. Für welche Motive haben sie sich denn entschieden?"

„Auf den Etagen werden die Bildfragmente entstehen, die die historische Bedeutung des Emirats und einiger Länder der Welt zeigen, mit denen die Fürstenfamilie gute Geschäftsverbindungen unterhält." Er lächelte. „Wir werden ein kleines Vermögen mit dem Auftrag verdienen."

„Großartig. Und was machst du jetzt? Feiern?"

„Das habe ich vor. Im Moment hält mich nur ein Stau auf dem Boulevard St. Germain davon ab."

„Wo soll's denn hingehen?"

*Verdammt*, dachte Lucien. Wie er solche Fragen hasste. „Café de Flore. Und weil du es so genau wissen willst: Es wird mal wieder Zeit, die Fronten zu wechseln", schnaubte er in das Autotelefon.

Das überraschte Auflachen seines Freundes am anderen Ende der Leitung zerrte an Luciens Nerven. Tom konnte es einfach nicht lassen, sich in sein Leben einzumischen.

„Warum so gereizt? Du hast doch eine große Auswahl. Nimm dir doch eine aus deinem riesigen Fanclub und schleppe sie in deine Beischlafhöhle."

Der flapsige Ratschlag seines besten Freundes wäre vielleicht ganz nützlich gewesen, wenn Lucien den Frauen in seinem Leben hätte trauen können. Aber leider war dem nicht so, wie die Vergangenheit nur allzu oft gezeigt hatte.

Obwohl verheiratet, war er nicht mehr bereit, für die Ehe und seine Frau Jo einzustehen. Ihre Ahnungslosigkeit und ihre gewohnte liebenswürdige Art brachten ihn um. Sie stumpfte ihn ab. Sie langweilte ihn. Es war ein Fehler gewesen, seine Jugendliebe zu heiraten. Dennoch waren ihm der Frieden ihrer Seele und ihre Ruhe wichtig.

Sein Zuhause sollte ein Ruhepol bleiben, den er für den Rückzug von einer Amour fou oder einem anstrengenden Arbeitstag brauchte. Doch beim Abendessen erschauderte er mitten im Gespräch manchmal beim Gedanken an seinen Betrug und vergaß, auf das zu achten, was um ihn herum gesprochen wurde. Dann dachte er an die Frauen, mit denen er seine Frau betrog. Den Gedanken verwarf er aber immer ebenso schnell, wie er gekommen war. Er gehörte nun mal zu der Sorte Mann, die im Leben aber und abermals die Blüten der Lust pflückte, und konnte kaum einer schönen Frau widerstehen.

„Vielleicht investierst du zur Abwechslung mal ein wenig Gefühl", fuhr Tom fort. „Ich …"

„Und riskieren, dass alles den Bach runtergeht?", fiel er Tom ins Wort. „Du müsstest mich eigentlich besser kennen. Etwas so Wichtiges wie eine Amour fou sollte nicht durch Gefühle verkompliziert werden."

Lucien seufzte. Seine aktuelle Geliebte Claire stellte neuerdings Forderungen. Sie begnügte sich nicht mehr mit drei Schäferstündchen pro Woche. Sie sehnte sich nach einem gemeinsamen Urlaub, einem gemeinsamen Wochenende, einer gemeinsamen Zukunft, einer rechtlich bindenden Vereinbarung. Eine grausige Vorstellung.

„Ein paar von den Frauen", fuhr Tom fort, „mit denen du gelegentlich hier aufkreuzt, würden sicher nur zu gerne mit dir, einem Mann mit etlichen Millionen auf dem Konto, ein lockeres Verhältnis besiegeln wollen. Du genießt nicht nur den Ruf eines skrupellosen Herzensbrechers, sondern auch den eines spendablen Liebhabers."

Lucien schmunzelte. *Daran habe ich aber auch verdammt hart gearbeitet.* „Ich wünsche mir etwas Unkompliziertes, eine Frau, die sich auf mich und meinen Terminkalender einlässt. Dafür werde ich sie fürstlich verwöhnen."

„Du wünscht dir eine Frau mit Ausstrahlung, mit Selbstbewusstsein, eine, die deinen Jagdtrieb auslöst, die unabhängig ist und nicht klammert, die erfolgreich ist, allerdings nicht erfolgreicher als du. Wie wär's mit einer Bordsteinschwalbe. Ist einfacher und billiger. Oder du rufst eine Dating-Agentur an. Mit Profis hat man keine Probleme. Die Mädels dort haben andere Zielvorstellungen."

Lucien seufzte. „Klingt romantisch, aber ist dennoch Blödsinn. Irgendwann machen sie alle Probleme. Und wo ist dann der Unterschied?"

„Anscheinend sind aber die Dienste solcher Agenturen gefragt."

Lucien lachte und verschluckte sich prompt. „Ach ... Kann es sein, dass mein bester Freund diese Dienste schon einmal in Anspruch genommen hat?"

„Quatsch. Aber mit einem Profi ist es einfacher. Weiß Jo eigentlich von deinen Eskapaden, Lucien?"

„Keine Ahnung. Wenn sie etwas weiß, lässt sie es sich nicht anmerken. Verdammt. Ich möchte aus dieser Ehe aussteigen, aber ich möchte Jo nicht verletzen. Diese Ehe war von Anfang an ein Fehler."

„Das habe ich kommen sehen. Jo hat etwas Besseres als dich verdient."

An einer Ampelkreuzung, einer Straßenecke vom ‚Café de Flore', gab es einen gewaltigen Rückstau.

*Verdammt.* Wie er solche Gespräche hasste! „Ich muss Schluss machen."

„Ich hoffe, du weißt, was du tust."

Er hatte förmlich Toms missbilligenden Gesichtsausdruck vor Augen. „Ich weiß, wie man erfolgreich Geschäfte macht."

„Ja richtig. Die Misserfolge hebst du dir für deine Beziehungen auf. Also …"

„Fahr zur Hölle, Tom!", sagte er und beendete das Gespräch. Er ließ das Telefon in die Jackentasche gleiten, lehnte sich zurück und dachte an Claire, die er später treffen wollte.

Claire. Schön, blond und eigentlich schon auf der Abschussliste, weil sie Wert darauf legte, die Einzige zu sein. Der Gedanke, sie hinters Licht zu führen, behagte ihm nicht. Er war vielleicht ein Mistkerl, aber niemals grausam. Sicher gab es Frauen, die anderer Meinung waren – die Klatschblätter bezeichneten ihn gelegentlich als selbstverliebten Frauenschwarm. Die Realität war aber nur eine launische Schlampe.

Er sehnte sich nach einer Frau, mit der er sein Leben verbringen wollte.

# KAPITEL 7

## LUCIEN

Durch einen rasanten Spurwechsel schaffte es sein Fahrer schließlich bei Gelb über die Ampel und brachte den Wagen am Boulevard Saint-Germain 172 vor dem blau-weißen Café zum Stehen.

Lucien stieg aus. Ohne die Menschen auf dem Bürgersteig zu beachten, ging er zur Eingangstür und betrat das ‚Café de Flore'. Der köstliche Duft frisch gemahlener Kaffeebohnen stieg ihm in die Nase.

An der Bar rannte ihn eine junge Frau fast um. „Hey, Lucien. Du hast dich gar nicht verändert. Wie ist das möglich? Ein Vertrag mit dem Teufel?"

„Tut mir leid, aber ich kenne Sie nicht."

„Ach jetzt komm schon, du alter Schwerenöter. Ich bin es, Sofia."

Nach dem Gespräch mit Tom war Sofia die Letzte, der er heute in die Arme laufen wollte. Ihre kurze Affäre war daran gescheitert, dass Sofia ihm, wie sein Freund Tom, immer wieder gute Ratschläge in Bezug auf sein Verhalten erteilt hatte. „Sofia, ich glaub's nicht. Was machst du in Paris?"

Sie zeigte auf einen Tisch, ergriff seine Hand und führte ihn durchs Café. „Komm, Lucien, setz dich zu uns! Leute, ich möchte euch meinen alten Freund vorstellen. Er ist unwiderstehlich. Aber nicht, weil er euch gleich einen überteuerten Drink spendieren wird", rief sie und klopfte ihm auf die Schulter.

„Das ist Lucien, der mich vor sechs Jahren in die Wüste geschickt hat, weil ...“

Ein Gelächter brach aus. „Oh ... Oh ...“

Er legte den Arm um Sofia. „Du siehst noch immer fantastisch aus, Sofia. Aber was soll ich jetzt mit dir machen?“

„Keine Ahnung. Dir wird schon was einfallen, Lucien.“

„Gib mir deine Telefonnummer, dann gehen wir mal essen.“ Er gab dem Barkeeper ein Zeichen. „Ben, eine Runde für Sofia und ihre Freunde. Das geht auf mich.“

„Geht in Ordnung, Lucien.“

„Halte dich lieber zurück, Ben. Sofia liebt es, Männern wie uns gute Ratschläge bezüglich Liebe zu geben.“

„Schon gut. Lucien“, erwiderte der Barkeeper und widmete sich wieder den Drinks.

Wenig später setzte Lucien sich an seinen Stammplatz, Tisch drei, auf dem die aktuelle Ausgabe der Zeitung ‚Le Figaro‘ für ihn bereit lag. Er kramte den Vertrag aus seiner Aktentasche und überflog ihn noch einmal. Wenig später wurde ihm eine Tasse Kaffee hingestellt. Lucien nickte nur, schaute nicht auf. Er war vertieft in seine Zeitung.

Plötzlich spürte er einen bohrenden Blick. Neugierig hob er den Kopf. Mit einem Mal wurde es still um ihn, selbst das Stimmengewirr verstummte. Eine Märchengestalt? Das zimtbraune Augenpaar, das ihn musterte, verengte sich reflexartig. Ein Blick streifte sein Gesicht, seine Hände, dann sprang er zu ihm zurück.

„Gehört ein ‚merci‘ nicht zu Ihrem Sprachschatz?“, fragte die junge Frau.

Sieben Worte. Sieben Worte in einer Stimmlage, die ihn sprachlos machte. Die Bedeutung drang leicht verzögert zu ihm durch.

„Wie bitte?"

Er wollte sich ohrfeigen. Das war das Dümmste, was er je zu einer Frau gesagt hatte. Sie hatte ihn mit ihrer Stimme und einigen Worten in einen Schuljungen verwandelt.

Sie lächelte. Perfekte Zähne blitzten auf. *Ihre kecke, mit Sommersprossen übersäte Nase sah über den verlockenden, pinkfarbenen Lippen fast zu unschuldig aus,* dachte er. *Sag etwas!*

Als sie sich wortlos umdrehte, vermisste er sie sofort.

Irgendetwas veranlasste ihn, auf der Stelle die Zeitung beiseitezulegen und das Café zu verlassen. *„Claire wartet",* dachte er, aber er wusste, dass sein überstürzter Aufbruch nichts mit Claire zu tun hatte. Die Stimme einer jungen Frau hatte ihn aus der Bahn geworfen, als hätte sich ein Vorhang geöffnet.

*

Wieso dachte er gerade in diesem Moment an seine Mutter? Weil diese junge Frau ihr Gefallen hätte. Immerhin löste sie mit einem Lachen seine Anspannung. Dieses schallende Lachen ohne jede Angst war es, was ihn schon einmal zuvor im Café de Flore veranlasst hatte, den Kopf nach ihr umzudrehen. Und so war er ihrem Blick begegnet, der vom anderen Ende des Cafés aus geradewegs auf seine Augen gerichtet war, so als hätte sie ausschließlich für ihn gelacht.

Im Wagen fiel ihm ein, dass er sich nicht nach ihrem Namen erkundigt hatte. Ein Fehler. Ein dummer Fehler.

# KAPITEL 8

## LILLY & LUCIEN

Im Café de Flore herrschte ein ohrenbetäubender Geräuschpegel – klappernde Teller und Besteck, eine zischende Kaffeemaschine, Eiswürfel, die zerstoßen wurden. An den Tischen und der Theke hatten sich Studenten zusammengefunden, die heftig diskutierten.

Lilly lief zwischen Küche und Theke, zwischen Tischen mit dem voll beladenen Tablett hin und her. Sie hielt ihr Gleichgewicht, „Keine Glas- oder Porzellanscherben", lautete ihr Motto, das ihr auch gelang.

Vielleicht lag es daran, dass sie endlich gut schlief, oder an der Musik im Café, die jede Bewegung stimmig machte. Jedenfalls schien es seit ihrer Abreise so, dass sie morgens am richtigen Ort aufwachte. Vor ihr lag eine unberührte Zeit und niemand würde sie verlangsamen oder beschleunigen.

An den Tagen mit dem starken Pariser Nebel strömten die Leute ins Café und sie gestatteten ihr keine Atempause. Doch Lilly zog sie den ruhigen Tagen bei Weitem vor. In jenen Tagen war sie glücklich, obwohl sie noch immer nicht die Liebe kennengelernt hatte. Sie war glücklich über all die Dinge, die Paris ihr bot, auch wenn niemand sie in der Nacht liebevoll an sich zog und ihren Körper mit heißen Küssen bedeckte. Jedes Mal sagte sie sich, wie seltsam es doch mit der Liebe war und dass ausgerechnet die wichtigste Sache der Welt sich nicht herbeizwingen ließe.

„Lilly! Tisch drei! Beeil dich, er möchte, dass du ihn bedienst."

Sie wendete den Kopf. Sie kannte den Mann, der dort saß, und sah sein Lächeln, das sie verwirrte – ein Lächeln, das sie aufforderte, unverzüglich an den Tisch zu eilen, um seine Bestellung aufzunehmen, ein Lächeln, das sie vor wenigen Tagen schon einmal bemerkt hatte. *Vorsicht, Lilly!*

Sie nahm den Bestellblock aus der Schürze. „Etwas zu essen vielleicht?"

„Sie haben einen Akzent. Kommen Sie aus Deutschland? Wie ist Ihr Name?"

„Ach. Haben Sie Ihre Sprache wiedergefunden? Mein Name ist Lilly. Was darf es denn sein?"

„Ich heiße Lucien. Essen Sie mit mir zu Abend, Lilly!"

*Diese Augen. Blau wie die ,Muscat bleu'-Traube.*

Sie lehnte sein Angebot freundlich ab. „Ich darf mich während meiner Dienststunden nicht zu den Gästen setzen."

Lucien lächelte. „Ich habe alle Zeit dieser Welt, bin nicht hungrig und würde sie später gerne in ein anderes Lokal einladen, in ein besseres als dieses."

Lilly wurde verlegen, Luciens Charme ließ sie nicht gleichgültig. In diesem Teil der Stadt war Eleganz ebenso rar wie in ihrem Leben. Er musterte sie mit seinen blauen Augen, aber sie wandte den Blick ab.

„Das ist wirklich sehr freundlich von Ihnen", murmelte sie. „Aber ich kann jetzt nicht." Sie zeigte auf eine junge Frau, die soeben völlig außer Atem das Café betrat.

„Ich gehe heute Abend mit einer Freundin zum Essen. Ein anderes Mal vielleicht", sagte sie leise und ging auf ihre Freundin zu.

„Ich bin spät dran, entschuldige, Lilly, aber ich hatte heute einen Wahnsinnstag", sagte Fee und kletterte auf einen der Barhocker. „Ich habe meine Arbeit über Dante vermasselt. Der Dozent war sauer, weil ich die Homosexualität des Dichters nicht gewürdigt habe. Woher soll ich denn wissen, dass der schwul war?" Sie schüttelte ihr langes, braunes Haar. „Ein Hundewetter da draußen!"

Lilly beugte sich zu ihrer Freundin. „Bitte, sprich leiser, Fee."

Fee sah sich um. „Wer soll uns denn hier zuhören? Weißt du, Süße, weibliches Begehren wird unterschätzt, behaupten Sexualforscher. Frauen suchen Abwechslung und finden Wege, sich diese zu verschaffen. Typisch männliches Sexualverhalten kann man in vier Wörtern zusammenfassen: Er kam – und ging. ‚Frauen dagegen rücken beim zweiten Date mit dem Möbelwagen an', behauptet mein Dozent Hornochse. Angeblich witzelt man am Stammtisch über dieses Zeug. Der ewig lüsterne Mann trifft auf die vom Brautkleid träumende Frau, die ihre Sexualität lediglich einsetzt, um ihn an sich zu binden."

„So etwas gibt der von sich?", fragte Lilly erstaunt. „Vielleicht weil solche Klischees ja auch lange von der Wissenschaft gestützt wurden."

Fee nickte. „Vermutlich. Wer menschliches Sexualverhalten interpretiert, zieht die Evolutionsbiologie zu Rate. Für weibliche Säugetiere können ein paar Minuten Paarung erhebliche Langzeitfolgen haben: Schwangerschaft, Stillzeit, Aufzucht der Jungen. Das Männchen dagegen geht seiner Wege und sucht weitere Gelegenheiten. Ich habe dem Hohlkopf widersprochen und seine These infrage gestellt."

„Komm jetzt mal runter, Fee! Schau dir lieber mal den Mann in der Nische an Tisch drei an! Sieht er nicht umwerfend aus?"

„Der mit der dunklen Lederjacke? Hab schon gesehen ... Lass die Finger davon! Such dir lieber ein Abenteuer mit einem Wuschelkopf in ausgelatschten Turnschuhtretern.“

„Oh ... gleich die ganz großen Worte der Warnung“, flüsterte Lilly enttäuscht.

„Lilly, ich habe Madame Beatrice versprochen, auf dich aufzupassen. Dein letztes Abenteuer hat dich beinahe das Leben gekostet.“

„Quark. Das Leben gekostet.“ Sie schnaubte verächtlich. „Ich hatte einen Kreislaufzusammenbruch.“

„Da kommt so ein Typ mittleren Alters, der neben Lebenserfahrung auch Schotter in der Tasche hat, und du flippst aus. Wenn ich dir diesmal das Schlimmste ersparen könnte, wäre mir das in besonderem Maße lieb. Beim Anblick dieses spießigen Schlipsträgers kriege ich Pickel.“

„Ich verstehe nicht, warum du das sagst, Fee.“

„Weil diese Sorte Mann die schlimmste ist. Und ihr beide? Lehrer und Novizin, sage ich da nur!“

„Welche Sorte?“

„Typen wie diese! Der schaut schon so abgeklärt, so ... äh ... finster verheiratet.“

„Finster verheiratet? Na und? Es ist besser, gelegentlich betrogen zu werden, als niemandem mehr zu vertrauen.“

„Lilly ... Äh, wo hast du das denn schon wieder her?“

„Mach den Mund zu, Fee. Du irrst dich, auf mich macht er einen unheimlich netten Eindruck.“

Fee lachte laut auf. „Wie ein Krokodil vor einem Schweinefilet!"

„Warum dieses schnelle Urteil, Fee?" Die tiefe Stimme von Lucien traf Fees Nacken und sie fuhr zusammen.

Fee rollte mit den Augen. „Der Weg zum Herzen eines Mannes geht nicht durch den Magen. Das wäre viel zu hoch gezielt! Weibliche Wesen passen auf, mit wem sie sich einlassen, männliche neigen zur Promiskuität. Wie im Tierreich so auch im menschlichen Leben."

Er lachte laut auf. „Glauben Sie, dass Frauen zurückhaltend und bindungsorientiert sind, Männer hingegen stets paarungswillig? Hinter der Fassade konventioneller Rollenmuster sind Frauen nicht treuer als Männer. Dies gilt nicht nur für menschliche Wesen. Langzeitbeobachtungen an Affen brachten ans Licht, dass auch im Tierreich die Weibchen aktiv nach sexueller Abwechslung suchen."

„Bei den Männern erkennt man ja auch, woher sie kommen: aus dem Affenstall!"

„Fee!", rief Lilly empört.

„Was? Bein Gehirnscan der Erregung zeigt sich die verstärkte Sauerstoffzufuhr zuerst im Kleinhirn, das hauptsächlich für die Koordination von Sinneserfahrungen und Bewegungen zuständig ist. Man sieht einen hübschen Po oder einen Busen und schon denkt er an das ,ins Körbchen gehen'. Die weibliche Sexualität reagiert kaum auf optische Reize, behaupten weniger kluge Köpfe."

„Diese weit verbreitete Überzeugung konnte mittlerweile einwandfrei widerlegt werden. Frauen sprechen sogar auf eine größere Vielfalt von Erotikfilmen an als Männer. Frauen leiden unter schwindendem sexuellem Verlangen und wünschen sich mehr Lust.“

„Und weil Sie so schlau sind, stehen Sie jetzt hier?“ Fee sprang vom Barhocker. „Ich warte draußen auf dich, Lilly“, erwiderte sie und verließ das Café.

Lucien runzelte die Stirn. „Verstehe“, entgegnete er. „Sie mag mich nicht.“

„Fee übertreibt manchmal und außerdem hat sie es nicht so mit Männern.“

„Schlechte Erfahrung oder ...?“

Lilly schmunzelte. „Exakt. Sie liebt Frauen.“

Er holte eine kleine Digitalkamera aus seiner Jackentasche, stellte sie auf die Theke und drückte auf den Selbstauslöser. Dann forderte er Lilly auf, sich neben ihn zu stellen, damit beide im Bild wären.

„Sie haben doch nichts dagegen?“, sagte Lucien. „Wir benehmen uns jetzt wie zwei Touristen. Schließlich werden wir zu einem späteren Zeitpunkt die Stadt besichtigen.“

Lilly lächelte geheimnisvoll. „Ich gebe Ihnen meine Telefonnummer und dann sehen wir weiter.“

Lucien grinste. „Sie sehen mich sprachlos vor Ihnen stehen, Lilly.“

Mit der festen Absicht, sich zu verabschieden, sah sie ihn noch lange an, außerstande etwas zu sagen. Schmetterlinge flatterten wie wild in ihrem Bauch: blau wie die Unendlichkeit des Horizonts, rot wie die Liebe, wie das Feuer, grün, damit der

Rhythmus ihres Herzschlages nicht aus den Fugen geriet, und gelb wie das Licht der Sonne.

Lilly war fasziniert von den Augen, die sie fixierten. Dieser Mann war für sie mehr als nur ein erotisches Symbol. Sie wollte sprechen, brachte aber kein Wort heraus. Schweigend erforschte sie die Züge seines markanten Gesichts, das so verwirrend fremd war. Sie war verloren.

In dieser Nacht schrieb sie ihre ersten Zeilen an Minou.

# KAPITEL 9

*Liebste Minou,*

*es gibt ihn, Schwesterherz, es gibt ihn und ich bin ihm vor einigen Tagen im ,Café de Flore' begegnet. Ich dachte, dass mein ,Monsieur Inconnu' nur auf dem Papier existiert und in meinen Träumen, aber das stimmt nicht. Es gibt ihn, Minou, und ich habe es immer geahnt. Nein, ich habe es gewusst!*

*Jetzt spüre ich die zarte Frühlingsbrise und sehe ein kleines Mädchen, das in einem großen Garten herumhüpft. Gerüche beherrschten schon immer meine Sinne. Im Frühling sind es das feuchte Gras, das Streicheln von dem sprießenden Laub der Bäume, die ersten Veilchen, die lilafarbenen Anemonen, weißer Galanthus, Krokusse und Maiglöckchen. Ich erinnere mich an das sprudelnde Wasser aus unserem Bach, an die Berührung der feuchten Erde, als ich mit meinen kurzen Beinen über die feuchte Erde zum Haus unseren Eltern rannte, wo du auf mich gewartet hast.*

*Etwas an Monsieur Inconnu hat mich von der ersten Sekunde an gefesselt. Mir gefiel die Art, wie er mich angesprochen hat. Nicht beim ersten Mal, da hat er sich wie ein Tölpel benommen und sich nicht einmal für den Kaffee bedankt, den ich ihm gebracht habe.*

*Aber mich faszinierten sein kantiges Gesicht, sein rätselhafter Blick und die Art und Weise, wie er sein Begehren zum Ausdruck brachte. Die Studenten, die im Café ihre endlosen Debatten führen, in der die Meinung der „hochkarätigen" Intellektuellen gefragt ist, langweilen mich zu Tode. Ihre Sprache ist einfach nur gewöhnlich. Er ist anders und er weckt in mir eine Erinnerung, aber sie ist noch verschwommen.*

*Monsieur Inconnu kommt regelmäßig in das ‚Café de Flore'.*

*Der Besitzer und Barkeeper Jacques weiß nur wenig über sein Privatleben, aber es kursieren alle möglichen Geschichten über ihn. Er sei ein Junggeselle, der in einem alten Haus voller Schmetterlinge wohne. Von jemand anderem hat Jacques gehört, dass er verheiratet und steinreich sei. Jacques mag ihn, die Studenten auch, denn er ist sehr spendabel und lädt sie oft zu einer Lokalrunde ein.*

*Du kannst dir gar nicht vorstellen, wie sehr es mich erleichtert, dir diese Zeilen zu schreiben, Minou. Was ich noch über Monsieur Inconnu sagen kann, ist, dass er den Preis für menschliche Wärme wahrscheinlich nicht erhalten wird. Ja, Minou, ich weiß es. Wir wissen es. Ich habe etwas Besseres verdient, wenn die Liebe etwas ist, was sich verdienen lässt.*

*Ich habe ihm meine Telefonnummer gegeben und er wird mich anrufen. Da bin ich mir sicher.*

*Deine Lilly*

Lilly legte den Stift beiseite, kuschelte sich wenig später unter ihre Bettdecke. In dieser Nacht träumte sie von einem Vogel, der einer Voliere entkommen war und sie umkreiste.

Sie wachte am nächsten Morgen mit starken Kopfschmerzen auf, ging zur Terrasse und starrte über die Dächer von Paris hinweg ins Leere.

# KAPITEL 10

In der Nacht klingelte Luciens Telefon.

„Eine Freundin meiner Frau fährt morgen nach Paris. Soll ich ihr deine Telefonnummer geben?"

Lucien schaute auf seine Armbanduhr. „Tom, hast du getrunken? Es ist schon nach Mitternacht."

„Und du bist noch im Büro!"

„Ich bin auf dem Heimweg und bewege mich gerade wie eine fußkranke Schnecke. Hab zu tief ins Glas geschaut, mein Freund."

„Ist mir schon klar, Tom. Also, was gibt's?"

„Soll ich dir nun die Telefonnummer von der Freundin geben?"

Er seufzte. „Nein. Ich habe neulich eine junge Studentin im Café de Flore kennengelernt und fand sie umwerfend."

„Aha, und nun planst du den Sex mit ihr", lallte Tom am anderen Ende der Leitung.

„Tom! Du bist echt widerlich. Der Alkohol und die Nacht kleben wohl an dir. Was siehst du? Orangeviolette Kaninchen?"

Er hörte Tom grinsen.

„Oh du Glückspilz. Ich schmelze ja nur in meiner Ehe dreimal pro Woche dahin. Du kannst von Glück sagen, dass ich nicht mehr zur Verfügung stehe."

„Kein Mensch würde dich ansehen, Tom."

Er hörte Tom laut lachen. „Du hast es wirklich vor, oder? Du willst eine Schülerin treffen?"

„Sie ist volljährig. Was ist denn heute mit dir los? Traust du mir nicht? Ich habe sie angelächelt und sie ist rot geworden. Also warum sollte ich mich ihr nicht nähern?"

„Warum sollte ich", äffte Tom ihm nach.

Lucien grinste, drückte die rote Taste und beendete das Telefonat.

In der Nacht träumte er von Lilly.

*

Eine Woche später traf er sie im ‚Café de Flore' zum dritten Mal. Sie saß an einem Bistrotisch und blickte gedankenverloren aus dem Fenster. Zwei Tische weiter setzte er sich ihr gegenüber und wartete.

Er hatte sie nicht angerufen, sich nicht mit ihr zum Essen oder zum Spaziergang verabredet, wie er es versprochen hatte. Irgendetwas hatte ihn davon abgehalten. Er dachte an die Wahrnehmung, als er sie zum ersten Mal bemerkt hatte. Es waren ihre zarte Hand und der pudrige Geruch, den sie verströmte: der Geruch einer jungen Frau. Der Duft ging von ihrem Hals aus, wo das Leben pulsierte und auf den geröteten Wangen flackerte.

*Sie ist nicht wie die anderen Frauen ihres Alters*, dachte er. Einzig dieser dunkelblaue Rock mit den weißen Punkten, den sie trug, darunter einen Petticoat, dessen Spitzen den Rock säumten, versetzte ihn in Panik. *Wer trägt denn heute noch einen Petticoat?*

Lucien warf einen Blick auf ihren Nacken. Aus ihrem Haarknoten hatten sich kleine Strähnen gelöst. Er schmunzelte innerlich. Sie kam ihm vor wie eine junge Frau mit einem Petticoat, entsprungen aus einem Pariser Werbeplakat der Fünfzigerjahre, ein Mädchen auf dem Rücksitz eines Skooters, die Hände fest um die Taille ihres Freundes geschlungen, ein Mädchen, klar, frisch und lebendig. Keine durchtriebene Studentin, die er sonst im ‚Café de Flore' antraf. Vielleicht war das der Grund, warum er zögerte, sie näher kennenzulernen. Sie verkörperte Reinheit, Unschuld.

Sie musste gespürt haben, dass er sie anstarrte, denn ein zärtliches Lächeln erhellte augenblicklich ihr Gesicht.

„Hallo! Da sind Sie ja! Geht's gut?", rief sie mit einem strahlenden Lächeln, das ihn beim Gehen gewiss hätte straucheln lassen.

Er antwortete nicht, starrte sie an, suchte nach Worten, nach einer harmlosen Frage, doch ihm fiel nichts ein. Sie warf ihm einen Blick zu, als stünden sie beide am Beginn einer Liebesbeziehung.

„Leiden Sie an einer Kehlkopfentzündung oder hat es Ihnen mal wieder wie neulich die Sprache verschlagen?"

Lucien wurde mit jeder Sekunde nervöser. Ein Gefühl der Panik erfasste ihn. Er seufzte. *Was hat sie für Erwartungen?* Waren sie unrealistisch? Wenn er jetzt diesen sehnsuchtsvollen Blick erwidern würde, hätte das im Laufe der Zeit eine Enttäuschung zur Folge, denn er kannte sich viel zu gut. Er bevorzugte unkomplizierte Beziehungen, bei denen Sex mehr Gewicht hatte als eine aus der Verliebtheit heraus entstandene Partnerschaft.

Er nickte höflich, vermied ein Kommunikationsklima und

lehnte sich ein wenig zurück, nur wenige Sekunden, um Lilly besser betrachten zu können.

Ihre Freude schlug durch sein Schweigen in Traurigkeit um. Er sah den Regen, der in ihren Kopf drang, das Herz, das in ihrer Brust zersprang, las die Enttäuschung auf ihrem Gesicht. Oder entsprang seine Beobachtung seiner überbordenden Fantasie? Sobald eine Frau sein Interesse erregte, malte er sich aus, wie es wohl mit ihr sein könnte. Stattdessen starrte er jetzt auf den Bistrotisch, um nicht in diese Augen blicken zu müssen. Er glaubte, Lillys unausgesprochene Fragen zu hören. „Warum sprichst du nicht mit mir?" Oder: „Erzähl mir von dir!"

Ein Geräusch riss ihn aus seiner Gedankenwelt. Stuhlbeine schabten über den Holzboden. Er blickte auf, direkt in Lillys Gesicht.

„Au... Auf Wiedersehen", stammelte sie. „Sie ... sind ein unhöflicher Mensch, ein Flegel mit schlechten Manieren. Für Sie gibt es eine erstklassige Therapie: acht Wochen strikte Bettruhe." Dann warf sie den Kopf in den Nacken und verließ erhobenen Hauptes das ‚Café de Flore'.

Lucien beobachtete durch das Fenster, wie sie im Laufschritt die Straße überquerte, und blickte ihr nach, bis sie verschwand. *Flegel.* Sie hatte das Wort *Flegel* in den Mund genommen. Ihn als Flegel zu bezeichnen, käme aus Lillys Mund schon fast einer Liebeserklärung gleich.

Er war nicht fähig, sich von der Stelle zu rühren, denn Lilly hatte sich noch einmal nach ihm umgedreht und er glaubte, Tränen in ihren Augen gesehen zu haben. Tränen ... wie der Regen, der soeben draußen aus den Wolken floss.

Durch ihren Anblick fühlte er sich jäh zurückversetzt in vergangene Zeiten und verspürte einen Gefühlsaufruhr wie ein

Teenager. *Was ist bloß los mit mir?*, fragte er sich. Diese junge Frau irritierte ihn.

Schließlich verließ er auch das Café. Er hätte gern noch einen Spaziergang gemacht, doch der Regen trieb ihn in sein Apartment, wo seine Geliebte Claire und heißer Sex auf ihn warteten.

Während er die hölzernen Flügel des Fahrstuhls zuzog, fragte er sich, wie oft im Leben er diesen Knopf zum vierten Stockwerk noch drücken würde. Er fragte sich, wie viele Male der Spiegel einen attraktiven Mittdreißiger - wie aus einer Gucci-Werbung - reflektieren würde, ihn, den erfolgreichen Geschäftsmann, der seinen besten Freunden mit der Stringenz des Grotesken immer wieder zusetzte. Schockierend fanden seine Freunde auch seine Auffassung von Liebe. Worte wie ,die Ausschüttung von endorphinen Opiaten' und ,ein Samenerguss' verärgerten sie immer wieder. Sie behaupteten, dass er ,die Liebe' noch nicht kennengelernt hätte. Wahrscheinlich hatten sie Recht. Er war kaum in der Lage, einem anderen Menschen eine starke Zuneigung entgegenzubringen und erwartete daher auch keine Erwiderung. Er reduzierte die Liebe auf eine Reaktion des menschlichen Gehirns, das auch für Triebe zuständig war. Dabei spielten für ihn nur die Botenstoffe eine Rolle, die Euphorie, Aufregung, rauschartige Glücksgefühle und erhöhte sexuelle Lust in ihm hervorriefen. Er hatte sich noch nie – wie so mancher Freund – zu irrationalen Handlungen hinreißen lassen oder eine Hemmschwelle abgebaut. Spätestens nach zwei Monaten beendete sein Gehirn diesen sensorischen ,Rauschzustand'. Dennoch fragte er sich immer wieder aufs Neue, ob es die Liebe tatsächlich gäbe und wo er sie finden könnte.

Sein Körper schrie förmlich nach Lilly.

# KAPITEL 11

Lilly war auf der Hollywoodschaukel eingeschlafen und wachte auf, als die Morgendämmerung bereits einsetzte. Sie öffnete die Augen und ließ ihren Blick über den Garten schweifen, über den die aufgehende Sonne ihr fahles Licht ergoss. Weiter unten schnitt Jérôme die Rosen. Sie erhob sich und sog die frische Morgenluft tief ein. Dann ging sie eilig über die Veranda ins Haus, das friedlich zu schlummern schien. Sie lief durch die große Halle und die Treppe hinauf. Im dritten Stock trommelte sie an Fees Wohnungstür, steckte den Schlüssel ins Schloss und stürzte atemlos in das Schlafzimmer.

Lilly blieb im Türrahmen stehen und blickte auf die schlafende Frau. „Schläfst du?"

Fee schreckte hoch, saß kerzengerade im Bett und blinzelte. „Verdammt, Lilly. Du steigst jetzt wieder in dein Traubenzimmerbett, und zwar sofort! Vergiss, dass es mich gibt, bis der kleine Zeiger des Weckers eine anständige Zahl erreicht hat, sagen wir zwölf. Dann, und wirklich erst dann kannst du mir deine idiotische Frage noch mal stellen!" Fee drehte sich um und ihr Kopf verschwand unter dem dicken Kissen.

Lilly verließ enttäuscht das Schlafzimmer, machte aber im Wohnzimmer kehrt und startete einen neuen Versuch.

„Soll ich zum Frühstück ein Baguette holen?"

„Raus!"

„Fee, ich bin verliebt!"

„Raus!"

Lilly fuhr mit dem Aufzug in den siebten Stock und betrat ihre

Wohnung. Die Standuhr auf dem Kaminsims zeigte sieben Uhr zehn an. Sie zog sich aus und warf den flauschigen Bademantel über. Dann brühte sie sich in der Küche einen Tee und setzte sich an ihren Schreibtisch.

*Liebste Minou,*

*wie gern wollte ich nach unserem Kennenlernen mehr über Monsieur Inconnu und sein Privatleben erfahren, das Haus oder die Wohnung sehen, wie er wohnt, die Bücher in seinem Wohnzimmer anfassen, hören, wie er seine Freizeit verbringt. Aber meine Träume zerplatzten wie eine Seifenblase.*

*Ich habe Monsieur Inconnu heute im Café wiedergesehen, aber er hat mich überhaupt nicht beachtet, hat mich auf unverschämte Weise ignoriert. Ich habe ihn kennengelernt und gleichzeitig wieder verloren.*

*Bitte versteh mich nicht falsch, Minou. Es geht mir nicht um meine verletzte Eitelkeit, es geht um die Vorstellung einer verletzenden Einsamkeit - um die Schönheit eines intimen und zeitlosen, jenseits aller moralischen Wertungen erfüllten Augenblicks, der mir durch sein Verhalten verwehrt wurde.*

*Ich mochte seine Ausstrahlung, Minou. Aber er legte ein Verhalten an den Tag, woraus ich schließe, dass er die Macht der Einsamkeit besitzt, die Einsamkeit der Macht. Dennoch ist es mir gleichgültig, woher er kommt, was er mit mir macht und welche Qualen er mir zufügt, die seine Ignoranz in mir auslösen. Denn seit unserer ersten Begegnung fühle ich mich unsterblich.*

*Ich wäre heute so gerne an seinen Tisch gegangen und hätte ihm gesagt: „Wirf den Ballast eines Toten ab!"*

*Ich sehe jetzt dein erstauntes Gesicht vor mir, Minou, sehe, wie du deine Hände über dem Kopf zusammenschlägst und sagst:*

„Hör endlich auf, die Seelenretterin zu spielen! Er verkörpert einen dieser Männer, die nicht gut für dich sind."

*Vielleicht hast du Recht. Aber Schwesterherz – ich habe in die Augen eines einsamen Mannes gesehen und war von der Echtheit seiner Gefühle gefangen. Nur eine Sekunde lang. Aber dann hat Monsieur Inconnu nur belanglose Worte gesprochen, die ihm wohl als Treppe der Distanz dienen sollten angesichts meiner Lebendigkeit.*

*Ach Minou, das Echte ist nicht notwendigerweise wahr. Hier liegt die Wahrheit in den lächelnden Augen eines Mannes, der für mich zuhause verkörpert, ein Gefühl, das er bei unserem ersten Treffen in mir hervorgerufen hat. Ich hätte so gerne die Maxime vergessen, die unsere Eltern uns für eine Situation wie diese mit auf den Weg gegeben haben, und wäre auf ihn zugegangen. Denn ich habe sie gefühlt, die Leidenschaft, die Farbe der Liebe, meine Schamlosigkeit. Ich wäre gerne aus Kampfeslust leichtfertig gewesen. Vor allem seinetwegen. Um die erotische Taufe, die er mit anderen vollzieht, ein für alle Mal abzuschaffen, wäre ich selbst im Morgengrauen, nach einem langen Spaziergang durch die Nacht, mit ihm ins Bett gegangen, damit sich meine Welt verändert. Stattdessen fühle ich mich traurig und bin unzufrieden.*

*Viele möchten mit mir ins Bett. Ich schlaf' aber nicht mit Kommilitonen, die keine knisternde Erotik entfachen können, auch nicht, wenn ein Student mich für Sex bezahlen würde. Die bezahlte Liebe steht hier hoch im Kurs. Hatte ich dir das schon geschrieben? Aber es schickt sich vor allem nicht für die wirklich freien Frauen wie mich, irgendeine arme Kreatur dafür bezahlen zu lassen, dass ich sie befriedige. Die Befriedigung muss von Zuneigung begleitet sein. Ich vermute, dass die Sexualität von Monsieur Inconnu ein animalischer Trieb ist, der sowohl Männer wie Frauen eigen ist. Die Studenten im ‚Café de Flore' verdrängen alle Anwandlungen von Besitzdenken oder Eifersucht, machen mentale Anstrengungen, um die weiblichen Studenten als gleichwertig anzusehen. Sie nehmen jede Frau.*

*Ich möchte aber die Wollust und nicht die sich ständig wiederholende Monotonie eines melancholischen und stummen Geschlechtsaktes. Ich möchte, dass Monsieur Inconnu mich bei der Hand nimmt und verführt, fern jeglichen Lärms. Wir werden Liebesworte wechseln, keine rationale Intelligenz. Ich möchte, dass er mir die Kleider vom Leib reißt. Ich möchte eine Nacht voller Geheimnisse, das Kichern der Verliebten und Geständnisse. Ich möchte die Einzigartigkeit eines Blickes sein, eine heftige Seele, die seine Welt berührt und verwirrt. Doch wer versteht mich schon, wer versteht schon, was ich brauche? Nur du, Minou. Dir konnte ich schon immer sagen, wie gerne ich eine enthemmte Verführerin wäre. Nicht eine graue Maus in einem Petticoat. Aber im Moment ist mein Liebesleben glücklos.*

*Bin ich zu ungeduldig, Minou?*

*Als Monsieur Inconnu mich heute ansah, hatte ich das Gefühl, er reiße mir die Brust auf und sauge das Blut aus meinem Herzen. Ich glaube, er besitzt die Fähigkeit, mir die Gabe des Vertrauens zu nehmen, die ich aus meiner Kindheit nach Paris mitgebracht habe. Er wird mich auch nicht an einer Liebe wachsen lassen. Mit ihm an meiner Seite könnte ich traurig werden und an nichts mehr glauben.*

*Ich habe keine Vergleiche, die Idee der freien Liebe kenne ich nur aus Romanen und Worten, wie die Forderung nach einem Gefühl, all das ist mir fremd. Von diesen Dingen zu reden oder darüber nachzudenken, scheint mir zudem absurd. Ich möchte Monsieur Inconnu einfach nur so gern wiedersehen. Glaubst du, dass er einen dieser Männer verkörpert, die nicht gut für mich sind?*

*Angesichts der Melancholie, die ich im Moment empfinde, spüre ich, dass etwas mit mir geschieht. Vielleicht genieße ich deshalb den rauschenden Geschmack dieser dritten Begegnung mit Monsieur Inconnu.*

*Ich möchte ihm so gerne schreiben, doch ich weiß nicht, wo er wohnt.*

*Deine Lilly*

Lilly las den Brief noch einmal, faltete ihn und steckte ihn in einen Umschlag. Die Jalousien der Fenster filterten mittlerweile das Licht eines herrlichen Frühlingstages und warfen es in zarten Streifen auf das helle Parkett ihres Apartments.

Sie spürte, dass etwas mit ihr geschah. Der Schmetterling schlüpfte aus seinem Kokon. Einerseits war es ein schönes Gefühl, andererseits ängstigte sie der Gedanke an eine Metamorphose, von der sie nicht wusste, wohin diese sie führen würde. Aber Minou würde ihr zur Seite stehen. Da war sich Lilly sicher.

# KAPITEL 12

Claire war noch nicht eingetroffen. Lucien hängte den Mantel an die Garderobe, ging ins Wohnzimmer, öffnete die Tür zur Terrasse und stützte sich auf die Brüstung.

Ein Apartment mit einer Terrasse war im heutigen Paris ein Luxus, trotzdem betrat er sie praktisch nie, wenn er hier war. Warum heute? Weil die Regentropfen ihm wie Lillys Tränen vorkamen? Weil er in Gedanken bei diesem Geschöpf war, das ihn an einen kleinen verirrten Vogel in Gestalt einer Audrey Hepburn erinnerte? Sein Blick schweifte über die Dächer und er spürte eine Leichtigkeit, die ihm bis heute fremd gewesen war. Auch die Kuppel der Sacré-Cœur strahlte heller. Es hörte auf zu regnen. Die Sonne wärmte sein Gesicht.

Eine Weile schloss er die Augen, dann ging er hinein und setzte sich auf einen Stuhl an den sinnlos großen Esszimmertisch. Fünf Stühle waren leer. *Wozu braucht man sechs Stühle, wenn die Wohnung von nur zwei Personen genutzt wird?* Er kam nur hierher, um den Genuss des Fleisches zu kosten, und dazu brauchte er im Grunde nur ein Bett.

Das Catering hatte ein kaltes Buffet und dazu, wie üblich, gekühlten Champagner und Weißwein hingestellt. Die Wanduhr zeigte fünf Uhr. Der Tag war so schnell vergangen wie seit Jahren nicht mehr. Für gewöhnlich sah er in der Zeit, die er auf Frauen wartete, wichtige Unterlagen durch, damit er nicht ins Minutenzählen verfiel, und trank so langsam wie möglich Champagner oder Weißwein. Diesmal hingegen trank er hastig und es gefiel ihm, dass er seine eigenen Gesetze brechen konnte. Lächelnd leerte er sein Weinglas und nahm sich vor, sich in Zukunft gelegentlich selbst zu überraschen.

Es klingelte an der Tür. Zum ersten Mal seit Langem ließ er es klingeln. Sonst öffnete er immer schnell, diesmal aber fragte er sich nur, wie lange Claire wohl im Hausflur warten würde. Er tat es. Er wartete – doch letzten Endes öffnete er doch die Tür.

„Claire, da bist du ja. Ich habe dich gar nicht kommen hören." Er küsste sie auf die Wangen.

„Hey. Ich habe dich übrigens heute in der Stadt gesehen. Du hast dich mit zwei Frauen unterhalten und meine Rufe nicht gehört. Was hast du den beiden Frauen ins Ohr geflüstert? Sie kamen mir so vergnügt vor."

„Ich war nett zu ihnen. Jetzt fühlen sie sich wohl", erwiderte er.

Claire spielte die Empörte. „Die eine war mindestens achtzig."

Er lachte. „Das war der Grund, weswegen ich mit ihr geflirtet habe. Ich habe ihr den Tag versüßt."

„Natürlich. Ich verstehe. Du hast eine soziale Ader. Und was war mit der anderen? Was war mit ihr?", erkundigte sie sich.

„Blind!"

„Blind? Sie war blind?"

Er zwinkerte. „Blind vor Liebe."

„Weil du sie angesprochen hast?"

Lucien grinste. „Weswegen denn sonst?"

Claire schubste ihn in die Seite. „Kein bisschen eingebildet, was! Komm, lass uns heute mal mit einem Boot über die Seine fahren und die Sterne über Paris bestaunen. Wie die Touristen."

„Nein."

„Nein? Was denn, Lucien? Oder hast du womöglich einen Kater von gestern?"

„Nein." Sein Tonfall ließ Claire aufhorchen.

„Nein? Ach, komm, die Seine ist heute so schön." Sie nahm seine Hand und führte ihn ans Fenster. „Schau mal, sie glitzert wie tausend Diamanten. Es ist so ein schöner Nachmittag. Es macht sicher Spaß."

„Nein. Ich mache mit dir Schluss."

„Oh, netter Scherz. Sag mir das im Boot."

„Nein", erwiderte er leise.

„Was ist mit dir?" Claire sah ihn entsetzt an. „Du meinst es ernst?"

Er verzog die Lippen leicht. „Es hat nichts mit dir zu tun."

„Ach wirklich? Weißt du, ich frage mich schon die ganze Zeit, was neuerdings mit dir los ist."

Er musterte sie ruhig. „Mit mir ...? Vergiss es."

„Du kannst dir die Antwort auch sparen." Claire warf ihm einen zornigen Blick zu. „Ich dachte, dass wir glücklich wären?"

Er hob die Augenbrauen. „Glücklich? Ich habe nie vorgegeben, jemand zu sein, der ich nicht bin."

„Warum tust du das, Lucien?"

„Weil ich eine andere Frau kennengelernt habe und weil ich es dir leichter machen möchte."

„Und unsere Liebe?", fragte Claire.

„Es war keine Liebe, Claire. Das wissen wir beide. Und wenn doch, dann ist sie irgendwann auf der Strecke geblieben."

Er strich sich mit der Hand durchs Haar. „Weißt du was, es war alles ein Fehler, Claire. Es war ein Fehler von Anfang an. Das Ganze hat schon viel zu lange gedauert. Ich ... ich kann dir nicht mehr bieten als das, was wir jetzt gerade haben. Nicht mehr, Claire. Du willst mehr. Es ist vorbei. Es geht nur so lange, bis es vorbei ist, und heute ist es vorbei." Er seufzte. „Ich hätte es dir natürlich auch später sagen können, aber das wäre nicht fair gewesen."

„In was für ein Klischee bin ich hier geraten? Offen gestanden versteh ich das alles nicht. Wir sind doch schon so lange zusammen. Ich meine, du kennst mich und es hat doch immer wunderbar mit uns beiden funktioniert, Lucien."

„Mag schon sein, aber ich kenne mich. Tut mir leid, Claire."

Sie sah ihn entgeistert an. „Das war es dann?"

Lucien nickte, drehte sich um und blickte aus dem Fenster, bis er hörte, wie Claire die Tür des Apartments hinter sich schloss und sich ihre Schritte entfernten.

Lucien spürte, dass sich mit einmal der Trübsinn wieder einstellte, der schon eine Weile weggeblieben war und von dem er dachte, er wäre vielleicht für immer verschwunden.

Inzwischen wusste er, dass nichts gegen dieses Gefühl ankam. Es kam immer dann, sobald er sich unvollständig fühle, wie jetzt. Dann fehlte ihm was. Alles. Als wäre er einmal vollständiger gewesen und etwas in ihm erinnerte sich noch an dieses

Gefühl. Es überkam ihm immer dann, wenn er an Lilly dachte. Dann legte sich etwas auf seine Haut und umschloss ihn.

*Lilly* ... Die junge Frau, die neue Frau, sie hatte ihm den Kopf verdreht, seine Botenstoffe aktiviert, und zwar so sehr, dass er keinen Gedanken mehr an Claire verschwenden wollte.

Neugeboren. So fühlte er sich immer, wenn er einer Frau begegnete, die ihn berührte – wie diese junge Studentin. Doch etwas war anders. Sie war anders, die Gefühle, die Lilly in ihm auslöste, waren anders.

Neugeboren.

Er öffnete seine Augen.

Er zerfloss nicht mehr in ewiger Nacht.

Ein Funke.

*Lilly* ... *Du hast mich aus der Finsternis geholt. Du hast mich vom Boden aufgelesen, ins Leben zurückgeholt.*

Er freute sich schon jetzt auf ihre gemeinsamen Spaziergänge an der Seine entlang, eng umschlungen, die Stufen hinauf zum Wunder der Liebe.

Lilly hatte am Abend ihrer ersten Begegnung im ‚Café de Flore‘ ihre überbordende Sinnlichkeit zur Schau gestellt und mit ihrer sanften Weiblichkeit seine Fantasie beflügelt. Heute hatte er versucht, sich dem zu entziehen. Aber es war ihm nicht gelungen.

*Lilly* ... *Ich gehe, wohin du gehst.*

*Meine Liebe. Meine Hoffnung. Meine Zukunft.*

*Lilly, meine Süße.*

*Du hast wenig gesprochen, aber du warst unglaublich liebevoll.*

Ja, dachte er. So könnte es sein. So begann es immer.

Dennoch war es anders.

Ohne Lilly war er am falschen Ort.

# KAPITEL 13

Verträumt stand Lilly am Bücherregal, als hätte sie einen Schleier vor den Augen. Sie dachte über Lucien nach und blendete vorübergehend die Realität aus und hatte eine Szene vor ihrem inneren Auge. Darin öffnete sich die Glastür der Universitätsbibliothek und Lucien trat ein. Er steuerte direkt auf die Regale der klassischen Literatur zu, zog sie an sich und küsste sie zärtlich auf den Mund. Sie fand sich in ihrem Tagtraum wieder, in dem sein sanfter Blick ihren kreuzte und sie hingebungsvoll zurücklächelte. Das Wetter gab ihrem Wiedersehen seinen Segen: ein wolkenloser Himmel mit dem nahezu in Weiß- und Blautönen gehaltenen Horizont. So begann eine romantische Affäre, die zwei Menschen zu Liebenden machte. So hätte ihre Begegnung im Café oder woanders sein sollen. Stattdessen hatte er sie eiskalt abserviert.

Eine Stimme holte sie in die Realität zurück. „Hallo, Lilly."

Sie drehte sich um. *Diese Stimme, diese Augen ...* Blau, zart, wunderschön, ein Ozean auf hellem Hintergrund, ein Körper, schlank, sportlich, umgeben von einem Hauch Meeresluft, vermischt mit Bergamotte, Jasmin, Eichenmoos – *Anteus* von Chanel. Sie kannte diesen Duft seit ihrer ersten Begegnung und hatte sich seine Ingredienzien eingeprägt. Ihr Körper reagierte sofort, denn er wusste Dinge, die das Bewusstsein nicht wahrhaben wollte. Ihre Knie zitterten. Sie hörte die warnende Stimme ihrer Schwester, die ihr Worte aus der Ferne ins Ohr flüsterte. „Sei auf der Hut, Lilly!"

Sie setzte ein knappes, schmallippiges Lächeln auf. „Du hier, Lucien? In der öffentlichen Bibliothek einer Universität?"

„Ich wusste, dass ich dich hier finden würde."

„Hast du vielleicht telepathische Fähigkeiten oder lässt du mich überwachen?"

„Dazu braucht man kein Hellseher zu sein", antwortete Lucien. „Wenn du nicht im Café de Flore oder in deinem Bett bist, dann verbringst du deine Zeit in der Bibliothek." Nachdenklich betrachtete er sie einen Moment an. „Es ist schön, dich wiederzusehen, Lilly."

Ihr war unbehaglich, wie er so auf sie hinabsah. Sie wollte fliehen, weinen. Nicht noch einmal, dachte sie.

„Würdest du so nett sein und wieder gehen."

„Ich muss mit dir reden", sagte er leise.

„Du hast meine Zeit zu Genüge verschwendet."

„Was ich getan habe, war voll daneben."

Sie blickte zur Seite. „Ja."

„Und dumm. Ich habe keine Entschuldigung dafür. Ich habe das getan, glaube ich, weil ich Angst hatte."

„Angst? Du warst nur feige."

Er kam ein Schritt auf sie zu. „Kannst du mir verzeihen?"

„Du hast mich ignoriert, mich bis auf die Knochen im Café de Flore blamiert", sagte sie wütend. „Und wofür? Weil er das große Flattern gekriegt hat."

„Ja..., ich hatte Angst", gestand er.

„Denkst du etwa, ich habe keine Angst?", erwiderte sie zornig.

„Glaubst du, ich kann mich mit meinem bisschen Mut, mit meinen Fingernägeln, an Gefühlen festhalten?"

Er versuchte, sie zu berühren.

„Nein! Rühr mich nicht an. Lass mich in Ruhe! Ich habe keine Lust, eines deiner Sammlerobjekte zu werden. Verschwinde endlich!", rief sie.

Stille. Schweigen.

„Na los, geh schon! Du bist nicht gut genug für mich!"

In seinen Augen flackerte Traurigkeit auf. „Ich weiß, dass ich das nicht bin, aber erlaube mir ... Lilly ... Erlaube mir, es wiedergutzumachen."

Sie sah ihn immer noch zornig an und zitterte am ganzen Körper.

„Bitte ... Bitte, lass es mich noch mal versuchen."

„Es ist verrückt", sagte sie plötzlich und ihre Stimme klang versöhnlich. „Warum machst du mir dieses Angebot eigentlich hier?"

Lucien grinste erleichtert. „Verrückt ist schön. Darf ich?" Er nahm das Buch aus ihrer Hand. „Du magst Hemingway?"

Sie hob eine Augenbraue.

„Während ich die Austern aß", las er laut, „die kräftig nach Seewasser und leicht metallisch schmeckten und ich kalte Flüssigkeit hinunterspülte mit dem frischen Geschmack des Weins, verlor ich dieses leere Gefühl und fing wieder an Pläne zu schmieden." Lucien blickte auf und reichte ihr das Buch.

„Er vergisst nie, den Geschmack der Dinge zu schildern. Das gefällt mir an Hemingway."

Lilly nickte. Der Klang seiner Stimme irritierte sie. Noch während er sprach, welkte die seit ihrer letzten Begegnung zurückgebliebene Melancholie dahin und zurückblieb eine sanfte Frau, die nur noch darauf wartete, den Geliebten umarmen zu können.

„Wollen wir irgendwo hingehen?", fragte sie leise.

Er nickte. „Wie wär's heute mit einem Spaziergang und einem anschließenden Abendessen?"

Sie strahlte ihn an und vergaß die Prinzipien ihrer Eltern und die Warnung ihrer Schwester Minou. „Ja."

„Einfach nur, ja?"

Sie errötete und nickte. „Ich muss allerdings vorher ein wenig Ordnung in meine Sachen bringen."

Lucien blickte verdutzt. „Du sagst das so, als hättest du vor, dich morgen früh vor einen Zug zu werfen."

„Nein, das nicht, nur einsteigen."

„Du fährst weg?", fragte er mit einer Stimme, die jede Selbstsicherheit verloren hatte.

„Ich fahre nicht weg, ich fahre für einige Tage nach Hause."

„Schade. Mir wäre lieber gewesen, dass du gar nicht erst verreist, nicht mal für ein paar Tage. Dann könnten wir uns ab sofort täglich sehen. Ich hätte dich natürlich schon im Café de Flore fragen können, aber irgendetwas hat mich davon abgehalten und ich wollte mich nicht aufdrängen. Und dann hast du plötzlich so traurig ausgesehen ..."

Seine Worte klangen wie eine Zauberformel, die Lilly aufblühen ließen. „Weiter."

„Und ich wusste, dass ich für diesen Gesichtsausdruck verantwortlich war. Es tut mir leid, Lilly, ich möchte es wiedergutmachen. Komm, lass uns gehen."

Sie lächelte gequält. „Ja, das war echt pervers. Befreie mich von einem letzten Zweifel! Du hast den Ruf eines Schürzenjägers."

Lucien betrachtete sie einen Moment. „Kann schon sein. Eifersüchtig?"

„Ich kenne dich kaum. Warum sollte ich also eifersüchtig sein?"

„Weil du dich in mich verliebt hast, Lilly."

„Gut, ich bin ein bisschen eifersüchtig", räumte sie ein, „aber nur so viel wie nötig. Wenn man es gar nicht ist, dann ist man auch nicht ein bisschen verliebt."

„Komm", sagte Lucien und ergriff ihre Hand.

„Wohin?"

Lucien legte den Arm um sie und zog sie in Richtung Ausgang. „Würdest du dich ausnahmsweise mal führen lassen, Lilly?"

Wenig später hatten sie die Universitätsbibliothek verlassen und schlenderten in Richtung Pont Saint Michel. Lilly hakte sich bei Lucien unter. Für sie war jeder Schritt ein Schritt in eine mögliche gemeinsame Zukunft. Als sie den Place Saint-

André-des-Arts erreichten, zeigte Lucien auf das Bistro ‚Soleil d'Or'.

„Ich habe eine Idee", sagte er. „Lass uns dort eine Kleinigkeit essen. Das Viertel ist hübsch, wir beobachten die Leute und bewegen uns nicht vom Fleck."

„Dort gehen aber doch nur Verliebte hin", hat Fee mir erzählt.

„Eben", antwortete Lucien.

Ein Oberkellner führte sie zu einem Tisch an der verglasten Fensterfront.

Lilly sah sich um. Das Bistro verfügte über eine Vielzahl kleiner quadratischer Tische mit Tüchern aus feinstem Leinen, die mit weißem Porzellan, funkelnden Kristallgläsern und glänzendem Silberbesteck bedeckt waren. In der Mitte eines jeden Tisches stand eine Vase mit Blumen, und darüber hing jeweils ein Kristallleuchter, an dem sämtliche Lichter brannten. Einige Tische waren bereits besetzt – Paare, die sich tief in die Augen sahen. Verliebte.

„Du willst sagen, wir halten uns hier unendlich auf?"

„Genau das."

Lilly setzte sich. „Wie lange?"

„Solange wir wollen", antwortete Lucien zärtlich. „Du hast mich bei unserer ersten Begegnung sofort berührt. Dein Lächeln, so offen und hinreißend, so ehrlich. Und dann war da deine Stimme. Unglaublich, umwerfend. Eine Stimme kann einen Mann elektrisieren wie nichts anderes, Lilly. Ich wollte dir sofort nahe sein. Ein unausweichlicher Gedanke, aber ich bekam plötzlich Angst. Es war deine Stimme, die mich dazu brachte, ja geradezu zwang, für dich diese Angst außer Acht zu lassen. Deine Anziehungskraft war längst stärker als meine Fähigkeit zum Widerstand."

Sie fröstelte. „Und wenn es Winter wird?"

„Dann halte ich dich noch fester umarmt." Plötzlich hielt er inne. „Was erwartest du von mir, Lilly?"

„Jedenfalls nicht den verdorbenen Geschmack deiner Lebensart."

„Ich mag es nicht, wenn man sich streitet, weißt du?", erwiderte er amüsiert.

Lilly grinste. *Sein letzter Widerstand?* „Ich auch nicht."

„Du hast meine Frage noch nicht beantwortet, Lilly."

„Ich bin auf der Suche nach der Liebe", antwortete sie leise. Sie sah, wie Begreifen in seinem Gesicht dämmerte und errötete.

„Die kann ich dir nicht bieten. Ich glaube nicht an die Liebe. Was soll sie schon bewirken?"

„Sie macht glücklich, Lucien."

„Manche Menschen neigen zu stereotypen Verhaltensweisen, Lilly, und ehe man sich versieht", er schnippte mit dem Finger, „kennt man das Innenleben dieser Leute. Und wenn es eine Frau ist und es um eine Romanze geht ... ach, vergiss es."

„Nein, sprich weiter."

„Es hat eben diesen emotionstötenden Effekt, weil man sofort weiß – schon von Anfang an – wie das Ganze enden wird."

Er sah sie zärtlich an. „Was ich an dir so besonders mag, ist, dass du nämlich absolut unvergleichlich bist. Und deswegen auch nicht vorhersehbar."

„Oh Gott, es muss für dich eine Erlösung sein, diese Worte endlich mal einer Frau sagen zu können, auf die sie zutreffen. Aber das trifft überhaupt nicht auf mich zu, was du da von mir behauptest", sagte Lilly leise.

Er blieb stehen und nahm ihre Hand. „Ach ja?"

„Oh ja! Und ich kann's auch beweisen. Willst du es wissen?"

„Ja, versuch es."

„Komm her. Ich meine es ernst."

Er machte einen Schritt auf sie zu.

„Näher, noch näher", flüsterte Lilly.

Er lächelte. „Nahe genug?"

„Ja, ich hatte gehofft, die Anziehungskraft würde ihr Übriges tun."

Knistern. „Vielleicht bin ich ein Stereotyp. Wir sollten weitergehen."

Sie blickte verträumt zur Seite. „Ich rieche die Nacht. Ich weiß gar nicht, seit wann ich das kann." Er beugte sich über sie.

„Lucien, was machen wir jetzt mit diesem wunderbaren Augenblick?"

Er antwortete nicht und küsste sie stattdessen leidenschaftlich.

Lilly fiel auf, wie eine seltsame Ruhe ihn ergriff. Es hatte etwas Entspanntes, absolut Entspanntes.

Sie beugte sich nach vorn und flüsterte Lucien ins Ohr, sie hätte eine noch viel bessere Idee. Wenn sie sich beeilten, könnten sie sich in einer halben Stunde im Traubenzimmer lieben.

Lucien fuhr sich mit der Hand durchs Haar. „Ich wache dann morgens um zwei Uhr auf und höre neben mir ein Geräusch. Ganz leise. Ich drehe mich um und sehe, wie du mich zärtlich ansiehst?"

Lilly nickte.

Sie machten sich auf den Weg. In der Rue Vernet gingen die Straßenlaternen eine nach der anderen an, als wollten sie das Paar begrüßen. Bei dieser Vorstellung musste Lilly lächeln.

*Liebste Minou,*

*die Nacht ist schön, der Nebel über Paris ist schön, der Morgen ist schön. Monsieur Inconnu hat mich heute geduzt, Minou. Er ist wieder in mein Leben getreten. Es ist ein wenig wie ein Gespräch mit dir, Minou, wenn ich mich mit Monsieur Inconnu unterhalte, wenn ich sehe, wie er lacht oder sein Gesicht einen schelmischen Ausdruck annimmt oder wie er sich beim Gestikulieren durchs Haar streicht – und wenn sein Blick bewundernd an den Innenseiten meiner Handgelenke hängenbleibt, die einen solchen Kontrast zu seinen kräftigen Händen bilden. Immer dann sehne ich mich nach Unzertrennlichkeit.*

*Aber da ist noch etwas. Neuerdings träume ich oft, dass über mir nur eine einzige schwarze Wolke steht. Sie umhüllt das Mädchen, das mich in der Nacht in meinen Träumen heimsucht und mich mit dunkelblauen Trauben füttert. Sobald sich die Wolke teilt und ein Schatten aus ihr ausbricht, wird der ganze Himmel schwarz und es fängt schlagartig an zu schütten. Der Wind wird heftiger, er wirbelt den Schatten des Mädchens um mich herum. Im Licht der Blitze wird hinter dunklen Wolken allmählich der weiße Himmel sichtbar. Die zerfetzten Wolken wandern über den Horizont wie die Geister der Nacht. Ich zähle diese Sekunden zwischen Blitz und Donner und dem Erscheinen der Gestalt. Drei Sekunden, zwei, keine, und ihr grauer Schattenriss hetzt durch den Regen, durch den Garten, über die Terrasse, steigt in den Aufzug und drückt den Knopf für die siebte Etage. Minuten später steht das Mädchen vor meinem Bett und weckt mich. Es nimmt mich mit in eine andere Welt, eine Welt, die nach Weintrauben duftet, und in der ein Mann mir freundlich zuwinkt, wenn ich zwischen den Rebstöcken mit meiner Puppe spiele. Ich frage mich, wie mein Leben dann weitergehen wird, weil es doch nicht mein Leben ist, sondern nur ein Traum. Vielleicht ist das Haus des Mannes auch mein Haus. Die sechs Birken hat er eigenhändig in die Erde gepflanzt. Auch das Haus hat er einst selbst gebaut, hat er mir gesagt. Als alles fertig war, hat er es „Lilly" genannt, weil die Birken zu der Zeit noch ganz winzige Pflänzchen waren - wie ich. Aber der Mann hat gewusst, dass sie wachsen werden. Am Abend sitze ich neben ihm auf der kleinen Bank vor der Tür und wir bestaunen die Sonnenröte, die seine Weinberge und Lavendelfelder leuchten lassen. Dabei legt er seinen Arm um mich und sagt: „Etwas so Schönes braucht einen Namen." Deshalb hat er das Haus so genannt: Lilly. Also ist das Haus in meinem Traum das Lilly-Haus. Wenn es dieses Haus wirklich gibt, heißt es vielleicht immer noch so.*

*Ein seltsamer Traum, nicht wahr? Ich habe zwar meinen Kokon verlassen und wurde zum Schmetterling, aber wegen meiner Träume koste ich nur vorsichtig meine Freiheit und noch vorsichtiger eine neue Liebe.*

*Ich umarme dich.*

*Deine Lilly*

# KAPITEL 14

Langsam knöpfte er ihre Bluse auf. Er war immer empfänglich für das Vorspiel gewesen und sah auf ihre kleinen, festen Brüste, nur kurz. Dann zog er ihr Höschen aus. Er fühlte sich sofort angezogen von ihrem Flaum, und ein bisschen von dieser zarten Haut der kleinen Falte, um seine Lippen daraufzulegen, damit er sich konzentrieren und alles andere vergessen konnte. Er beschäftigte sich mit Lillys Geschlecht, staunte, wie unter der Einwirkung seiner Zärtlichkeiten ihre Öffnung erblühte und erkennen ließ: Ich bin bereit. Schließlich drang er in sie ein. Es war das, was er wollte, aber er sagte kein Wort. Das Ganze entsprach ganz offensichtlich seiner Vorstellung, hier wurde nichts Großartiges besiegelt, was durch seinen Orgasmus zunichtegemacht worden wäre. Er fühlte sich gut, obwohl er keine Lust hatte zu singen, zu tanzen oder das Fenster zu öffnen. Nichts Exzessives. Vielleicht war es die Angst, die ihn trieb und sein Verhalten erklärte. Mehr als das Bedürfnis nach Luftveränderung. In erster Linie war es wohl die Angst, in eine Falle getappt zu sein.

„Schwöre, dass du keine Liebesbeziehung zu mir willst, Lilly."

„Ich schwöre", sagte sie und rekelte sich in seinen Armen.

Seine Lippen berührten ihre Stirn. „Unsere Beziehung wird fleischlich sein, nicht pflanzlich."

„Eine fleischliche Beziehung?"

„Wie zwei Hunde, die mit dem Schwanz wedeln, wenn sie sich begegnen und einander das Hinterteil beschnüffeln."

Lilly rollte mit den Augen. „Hundeliebe? Okay. Findest du mich schön, Lucien?"

„Das Schönste hier."

„Aber hier bin ich doch nur ich."

„Na und?"

„Bitte sag mir, ob du mich schön findest."

Er gab Lilly einen Klaps auf den Po. „Du hast den tollsten Arsch der Welt."

„Aber meine Vorstellung von der Liebe kann nicht nur mit dem Hinterteil bestehen." Sie seufzte. „Mein Gesicht. Gefällt dir mein Gesicht?"

„Du nervst. Was kümmert mich das Gesicht bei so einem Hinterteil. Im Übrigen: Wenn es etwas gibt, das mir auf den Geist geht, dann sind es Komplimente auf Bestellung."

„Alle waren sicher, dass ich noch nicht bereit bin, die Liebe zu kosten, aber das stimmt nicht. Ich wurde in dem Augenblick geboren, in dem der Mond im Quadrat mit allen Planeten stand. Ich bin also für die Liebe geboren."

„Du meine Güte. Gute Nacht, Lilly", sagte er und drehte sich um.

„So nicht! So nicht! Ich will einen ordentlichen Gute-Nacht-Kuss!"

Er reagierte nicht und stellte sich schlafend.

Lilly schrieb an dem Abend ihr erstes Gedicht:

*

Am nächsten Morgen rekelte sie sich. „Du siehst schuldig aus,

Lucien."

„Weil ich nachdenke."

„Hast du Hunger?"

„Ja", erwiderte er und musterte sie.

Sie setzte sich kerzengerade auf. „Hat dir nie jemand gesagt, dass es sich nicht gehört, eine Studentin anzustarren?"

Lucien seufzte. „Mit uns, das ist einfach nicht richtig. Du, du bist ..."

„Zu jung?"

„Nein. Ich ... ich bin verheiratet. Ich hätte es dir natürlich auch später sagen können. Ich habe dich sehr gern. Daher möchte ich es dir von Anfang an gleich klarmachen, damit es nachher keine Verwirrung gibt."

„Okay."

„Ich will damit sagen, dass ich dir nicht mehr bieten kann als das hier. Mehr nicht, nur das, was wir jetzt haben."

Sie sprang aus dem Bett.

„Ich will damit sagen: Wir haben keine gemeinsame Zukunft, Lilly."

„Weiß ich doch", erwiderte sie und dachte: *Wir werden sehen.*

Er nickte. „Gut."

„Lucien, ich sage dir heute, dass ich dich sehr gern hab. Morgen könnte ich plötzlich umfallen und tot vor deinen Füßen liegen. Im Grunde sind wir also absolut nicht füreinander geschaffen."

„Ja, ich weiß, so als verheirateter Mann ..."

„Oh ... Ich würde eher sagen ... so als mein reifer Bruder."

„Sollten wir lieber Schluss machen?" In seiner Stimme lag eine gewisse Verunsicherung.

„Hast du vielleicht Angst vor Gefühlen?", fragte Lilly.

Schweigen.

„Weißt du, sieh es doch einfach mal so: Versuchen wir doch das Beste aus dem zu machen, was wir haben. Irgendwann sind wir wie viele andere Paare ohnehin nur noch Geschichte, eine Liebesaffäre, mit der wir vielleicht vor anderen auf die Tränendrüsen drücken können."

Er lachte und streichelte ihr Gesicht. „Oh, oh, also das ist es, was du willst, Lilly. Eine Amour fou für die Tränendrüsen der Nachwelt. Bravo. Das ist aber eine ganz negative Einstellung und ich weiß nicht, ob ich das so einfach hinnehmen kann."

Lilly spielte mit der Spitze des Kopfkissens. „Ach was, die Wahrheit ist oft nur ein Spaziergang mit Blätterrauschen. Reden wir doch mal über dich, Lucien. Du bist jetzt 36 Jahre ..."

„Hey! Fünfunddreißig!"

„Okay, fünfunddreißig Jahre. Komm schon, erzähl mir ein bisschen von dir. Erzähle!", forderte sie ihn auf.

„Du siehst mich auf eine Art und Weise an, die ich nicht verdient habe."

Sie schubste ihn. „Hey, dann verdiene es dir!"

„Okay, was soll ich für dich tun. Ich gehöre dir."

„Ich möchte heute mit dir ein Eis essen gehen." Er hob erstaunt die Augenbrauen. „Aha."

„Ja! Ich esse das Eis aber nur mit einer Gabel."

„Oh mein Gott, das kann ja heiter werden. Okay, lass uns ein Eis essen gehen!"

„Ob deine Freunde mich lieber mögen als dich?"

„Das ist durchaus möglich."

„Meine Freunde mögen mich mit Sicherheit auch lieber."

„Worauf willst du hinaus?"

„Dass ich im Rennen um die Liebe weit vor dir liege."

„Die Liebe ist kein Rennen."

„Unsere Liebe schon."

„Unsere Liebe? Wir haben uns gerade kennengelernt. Darf ich Emily Brontee zitieren: Ich werde dorthin gehen, wohin meine Natur mich führt. Es widerstrebt mir, mich von jemand anderem führen zu lassen."

Sie lachte. „Ha! Ich kenne keine Wahrheit, die ich lieber höre als die Lüge, hat Emily Brontee auch gesagt."

Plötzlich kullerten Tränen über ihre Wangen. „Wenn du so etwas sagst, fühle ich mich so leer."

Er zog sie zärtlich an sich. „Bitte. Hab Vertrauen, Lilly."

In der darauffolgenden Nacht liebte er sie zärtlicher, anders. Nicht wie ein Mann, der einen Körper begehrt, sondern wie ein Mann, der liebt. Sie weinte in seinen Armen.

„Alles ist gut. Es ist alles gut, Lilly. Ich liebe dich", flüsterte er.

Die Sterne schimmerten sanft wie Blüten und waren zum Greifen nah. Alles verschmolz und wurde eins. Der Schmetterling entfernte sich weiter von seinem Kokon.

*

So hatte sie begonnen, ihre Liebesgeschichte. Einmal, als sie sich wie üblich im Bois de Bologne getroffen hatten, um sich zu unterhalten, erzählte er ihr, dass mit seiner Ehe etwas nicht stimmen würde. Sie würden sich zwar noch mögen, aber er hätte ein Gefühl von Leere, irgendetwas fehlte ihm.

„Leidenschaft!", hatte Lilly sofort gesagt.

Nein, es war nicht nur die Leidenschaft, sondern etwas viel Tieferes. Er hatte in den vergangenen Jahren immer das Gefühl gehabt, dass dieses ruhige Dasein in einer trauten Ehe, die jeder andere als glückliches Leben bezeichnet hätte, ihn nicht mehr ausfüllte. Er wollte mehr, aber nicht unbedingt Sex. Seine Frau und er hatten sich nie zusammen gelangweilt und doch waren sie fast unmerklich zu einem traurigen Paar geworden.

In dieser Nacht fasste er den Entschluss, seiner Ehe ein Ende zu setzen. Er hatte schon zu lange damit gewartet. Seit Lilly in sein Leben getreten war, fühlte er sich lebendiger denn je. Sein Herz hatte erst jetzt begonnen zu schlagen.

# KAPITEL 15

*Liebste Minou,*

*neuerdings grüble ich über mich und Mama. Ich will nicht mehr so sein wie früher. Ich sei früher schon immer ein bisschen nervtötend und seltsam gewesen, hat Mama einmal gesagt.*

*Als kleines Mädchen habe ich mich vor dem Zubettgehen mit einem Kuss von ihr verabschiedet und sie mit meinen Fragen genervt. Aber Mama war zuweilen müde und sie hat dann zerstreut geantwortet: „Gute Nacht, Lilly."*

*„Ich will einen schönen Gute-Nacht-Kuss!", habe ich sie angefleht.*

*„Gute Nacht", wiederholte Mama dann leicht genervt.*

*„So nicht, so nicht! Das ist noch schlimmer als vorher!"*

*Ich habe gejammert und geweint, bis unsere erschöpfte Mutter mir ordentlich eins hinter die Ohren gab. Erst dann, wenn es keinen Ausweg mehr gab, bin ich eingeschlafen.*

*Ich will mich nicht mehr nervtötend verhalten, seit ich Monsieur Inconnu begegnet bin.*

*„Die Liebe macht leicht. Sie ist leicht wie eine Feder, mit der mein Atem spielt", behauptet er. „Wir sollen allen, die mit ihr zu tun haben, unbedingt einen Beipackzettel in die Hand drücken!"*

*Was für ein furchtbarer Holzbock er doch manchmal sein kann. Wenn ich je Probleme haben sollte, ihn zum Lachen zu bringen, weil ich selbst traurig bin, würde ich lieber wieder in meinen Kokon schlüpfen oder bei dir sein und mich in deine Arme kuscheln.*

*Darum verheimliche ich ihm alles und bilde eine Art Filter zwischen meiner und seiner Welt.*

*Er ist das Gegenteil von mir. Ihm ist es egal, was die anderen denken. Und er entschuldigt sich nie, für nichts. Nie fühlt er sich jemandem unterlegen und bedauert nicht einmal seine Ahnungslosigkeit in Hinblick auf Liebe.*

*Das Warten auf Monsieur Inconnu findet statt wie eine Zeremonie. Ich erwarte ihn auf dem Bett liegend, als wollten wir ausgehen: Mantel, Handtasche, Stiefel, Petticoat oder ein Kleid, die Hände über der Brust gekreuzt. Eine Tote, bereit zur Wiedergeburt. Eine Frau, die durch die Liebe aufblüht.*

*Aber aus unserem Ausgehen wird in der Regel nichts. Die Kleidung symbolisiert die Jahreszeit oder hat nur etwas damit zu tun, was ich für diesen Tag geplant habe.*

*Es klingelt. Den Zahlencode kennt Monsieur Inconnu auswendig. Er kommt herein, geht durch die zwei Flure bis in mein Schlafzimmer, wirft mir einen Blick zu, den ich als „wie schön du doch bist" deute. Ich zeige ihm mein Kleid, ein Hauch aus Brüsseler Spitze und Seide wie aus der Jugendstilepoche, und halte es mir vor. „Sieht es nicht wie etwas aus, das sie hätte tragen können?", frage ich.*

*„Wer? Virginia Woolf?"*

*„Emily Brontee, du Kulturbanause! Ich mag dieses Kleid. Jedes menschliche Wesen muss etwas lieben."*

*„Jeder hat sein Spezialgebiet", erwidert er. „Meins ist die Architektur, deine Vorliebe gehört der Sprache und den Gedichten. Du bist eben etwas Besonderes, ein Kleinod."*

*Dann hebt er mich hoch und nimmt mich mit in eine andere Welt.*

*Wenn er wieder fort ist, stehe ich stundenlang am Fenster oder auf der Terrasse. Ich sehe den Himmel nicht und kann die Nacht nicht riechen.*

*Minou, könntest du dich ein wenig um mich kümmern, damit ich mich nicht verliere?*

*Deine Lilly*

# KAPITEL 16

Draußen fiel feiner Nieselregen auf die feucht glänzenden Bürgersteige. Lilly schlug den Kragen ihres Mantels hoch und trat auf den Zebrastreifen. Ein Taxi raste vorbei, das sie fast streifte. Sie überquerte die Rue Velvet und betrat den kleinen Supermarkt. Grelles Neonlicht verdrängte das deprimierende Grau des Pariser Himmels. Sie kaufte ein Päckchen Kaffee. Vor der Tiefkühltruhe zögerte sie einen Moment und entschied sich für eine Pizza diavolo und eine Lasagne. Es würde Fee gefallen, dass sie über ihren Schatten gesprungen war, in dem sie Gefrorenes eingekauft hatte.

Mit ihrem gefüllten Korb ging sie zur Kasse. Eine junge Kassiererin rümpfte beim Anblick der Ware die Nase. *Ich weiß*, dachte Lilly, *die Gourmetstadt Paris und Tiefkühlkost - geht gar nicht.*

Mittlerweile hatte sich die Dämmerung über die Stadt gelegt. Lilly mochte diesen Tagesabschnitt, zumal die Straßenlaternen dann erwachten und sie mit ihrem warmen Licht begrüßten. Sie waren wie Freunde, die ihr jeden Abend „Bonsoir Lilly" wünschten und ihr das Gefühl der Geborgenheit gaben. So kam es ihr vor. Sie verließ den Supermarkt, überquerte die Rue Vernet mit einem fröhlichen „Bonsoir Paris", schloss wenig später die Tür des Apartments auf und betrat die Wohnung. In der Küche packte sie den Lebensmittelkorb aus und stellte die Lasagne und die Pizza in den Ofen.

Sie freute sich auf einen amüsanten Abend mit Fee, die so ganz anders war als sie: Sie war eine humorvolle Wilde, liebenswürdig, kritisch und intrigenfrei, eine temperamentvolle, sehr witzige Person mit dem Hang, die Dinge des Lebens von einem amourösen Stern beleuchten zu lassen. Zurzeit standen die Sterne nicht günstig. Fee liebte Frauen und ihre derzeitige

Freundin hatte sie vor zwei Tagen verlassen. Wenn das Thema auf „Frau" zu sprechen kam, lief sie zur Höchstform auf. Das waren jene Momente, in denen Fees Augen Funken sprühten und sie Lilly mit ihren Anekdoten immer wieder zum Lachen brachte.

Munter schrieb sie noch einige Zeilen an Minou und steckte den Brief in ihre Handtasche, als jemand stürmisch klingelte.

Kaum hatte Lilly die Tür geöffnet, drängte sich Fee, völlig durchnässt, herein und umarmte sie heftig.

„Hey, du versaust mir meine ganze Wohnung", grinste sie. „Gib mir deinen Mantel! Ich hänge ihn zum Trocknen ins Badezimmer."

Fee musterte sie von oben bis unten.

Lilly ließ sich auf Fees Spiel ein. „Stimmt etwas nicht?"

„Neuer Pulli?" Fee schüttelte ihre dunklen Locken wie ein Hund sein nasses Fell. „Hm ... der Pullover einer Frau sitzt erst dann richtig, wenn Männer nicht mehr atmen können! Mir stockt der Atem bei deinem Anblick."

Lilly zuckte die Schultern. „Nicht gut?"

„Doch. Er ist super. Du hast dazugelernt, mein Vögelchen. Ich mag mein Geld auch lieber da, wo ich es sehen kann: in meinem Kleiderschrank!" Noch einmal drückte Fee sie fest an sich. „Kauf dir mindestens ein halbes Dutzend davon, die er dir dann vom Leib reißen kann! Frauen sind für Freundschaften da, Männer zum Vögeln."

„Das sagt eine Lesbe?"

„Ich leg mich nicht fest, so lautet nur meine Devise. Hm. Es riecht hier sehr italienisch. Was gibt es? Pizza? Komm, wir gehen in die Küche!"

„Pizza und Lasagne, aus der Gefriertruhe!"

„Lecker!"

„Dein Magen muss schockgefroren sein, Fee."

„Sag mal, Lilly, was ist neuerdings mit dir los? Ich sehe dich kaum noch." Ihr seidiges Kleid klebte wie eine feste Hülle um ihren Körper. „Hast du Sex mit dem Kühlschrank gehabt? Oder hat man dich jetzt auch im Klub der Tiefkühlfrosties aufgenommen? Deine Wangen sehen so rosig, so äh ... schockgefroren aus."

Der Schreck fuhr Lilly so siedend heiß in die Glieder, dass sie nicht einmal atmen konnte. „Ja, ich habe jemanden kennengelernt", murmelte sie.

„Wie? Und das sagst du mir so ganz nebenbei? Du grinst die ganze Zeit schon so dämlich, dass man dich bei einer Polizeikontrolle wahrscheinlich auf Drogenkonsum überprüfen würde."

Lilly errötete. „Ich wollte es eigentlich für mich behalten."

Fee sah sie misstrauisch an. „Wieso? Bist Du im XY-Chromosomenwahn oder ist das wieder ein angeblich nicht verheirateter Ehemann einer frustriert geschädigten Shoppingtussi à la Ehefrau?"

„Ach Fee, du immer mit deiner Klischeevorstellung. Ja, er ist verheiratet. Na und? Ich bin jedenfalls bis über beide Ohren in ihn verliebt. Ich bin jung, ungebunden und es ist mein Leben. Ich bin nach Paris gekommen, weil ich die Liebe wollte, und ich habe sie bekommen."

Fee verzog den Mund. „Hm ... Kenn ich ihn?"

„Nein."

„Du lügst", erwiderte Fee und führte ihren Finger an ihre Lippen, als würde sie nachdenken. Plötzlich sprang sie vom Tisch auf. „Das ist doch nicht dieser Clown mit Chauffeur aus dem Café de Flore?"

Lilly nickte. „Er hat das schönste Lächeln der Welt."

„Du meinst sein pubertäres Grinsen? Pah, Männer entwickeln sich bis 14, danach wachsen sie nur noch!" Fee kam auf sie zu und legte ihre Hand auf Lillys Arm. „Er wird dir wehtun, Kleines. Er wird dich verletzen, ohne mit der Wimper zu zucken", sagte sie leise.

„Nein, Fee, das wird er nicht. Die Liebe stirbt nie eines natürlichen Todes, sondern an Vernachlässigung, Nachlässigkeit, Blindheit, Gleichgültigkeit, Selbstverständlichkeit, Unverstand und sie zudem in ein Korsett zu zwängen und nicht zu kultivieren, ist ein tödlicher Fehler. Wir haben uns versprochen, offen und ehrlich zu sein. Er liebt mich."

„Oh Lilly, was ist bloß aus meiner kleinen, süßen Audrey Hepburn geworden? Sie hat ein Verhältnis mit einem Straßenköter der Champs Élysées." Sie tippte sich an die Stirn. „Der hat in seinem Oberstübchen einen genetisch bedingten Defekt, der auch seinen Gesichtsausdruck erklärt. Er ist derart düster und eingefroren, dass man befürchten muss, innerhalb der nächsten Sekunde eine gewischt zu bekommen."

Lilly lachte laut auf. „Du bist der Meinung, er hätte nur Stroh im Kopf?"

„Nein, Löcher. Und jedes Loch steht für seine mangelnden Kenntnisse in Bezug auf Frauen. Du bist eine hoffnungslose

Romantikerin, die den Regen und die Sonne gleichermaßen liebt, während er sich in seinem feinen Auto im Minutentakt mit Vorliebe an die Stirn tippt, weil er glaubt, dass nur Idioten den Straßenverkehr bevölkern, oder sich am Sack kratzt."

„Ich kann dich beruhigen. Er tut weder das eine noch das andere", konterte Lilly.

„Na, das beruhigt mich kolossal. Vielleicht vergiftet er hügelproduzierende Ungeheuer, die seinen piekfeinen Rasen umgraben. Maulwurf im Nobelgarten – weg damit! Oder er knallt den Köter seines Nachbarn ab, weil er ihn beim Kacken in seiner Einfahrt erwischt hat."

„Du übertreibst mal wieder maßlos, Fee. Er ist sehr nett. Ich mag ihn."

Fee fasste sich an den Kopf. „Du magst ihn, obwohl er gar keine Falten hat?"

Lilly hob irritiert die Augenbrauen. „Ja! Wie ... äh ... Falten?"

„Beim Lachen werden mehrere hundert Muskeln bewegt, wovon man Falten bekommt. Ein Gesicht voller Lachfalten bedeutet, dass solche Menschen tatsächlich Spaß haben. Er hat nur zwei – zwischen den Augen. Zornesfalten! Ansonsten ist dein Typ glatt. Ich sag's dir ungern, aber dein Freund findet das Leben zum Kotzen, und er hat null Humor. Und Frauen dienen nur dazu, seinen Lerneifer zu befriedigen. So schätze ich ihn ein."

Lilly spürte, wie ihre Augen feucht wurden. „Dann sag mir, was ich tun soll."

„Oje. So schlimm? Du verlangst von mir, dass ich dir sage, was du tun sollst?"

Sie nickte und wischte sich eine Träne von den Wangen. „Ja. Du bist meine Freundin, Fee. Du solltest dich um mich kümmern."

„Ich werde dir keine Ratschläge geben. Nur eine Erfahrung: Männer, die eine Frau lieben, verletzen sie immer, bewusst oder unbewusst. Aber du sollst wissen, dass du dich immer auf mich verlassen kannst. Bitte versprich mir, dass du zu mir kommst, wenn du in Not bist! Ich liebe dich nämlich auch."

Lilly lächelte. „Das verspreche ich."

„Okay. Dann ist deine Fee erleichtert. Warum brauchst du immer mich, um diese einfache Wahrheit zu transportieren? Egal. Aber vorher verrate ich dir etwas. Josefine Baker hat mal gesagt, dass viele Frauen nur auf ihren guten Ruf bedacht sind, die anderen, aber glücklicher werden. Also ... leg den Petticoat ab und zieh gefälligst das Bananenröckchen an, wenn er dich flachlegt!" Sie lachte laut auf. „Und jetzt erzählst du mir, wann du diesen Bastard wiedergesehen hast, ohne dass ich davon nur einen Schimmer mitbekommen habe. Ich will alles wissen. Alles! Und danach erzähl ich dir von meiner bescheuerten Partnerin, die vor zwei Tagen ausgezogen ist."

„Das tut mir leid, Fee", warf Lilly ein.

Fee winkte ab. „Ach was. Vielleicht sollte ich mir doch mal einen Kerl zulegen, obwohl der Pullermann ihr eigentliches Denkzentrum ist. Wenn schon Kerl, Lilly, dann muss sein Hirn dehnungsfähiger sein als sein Penis."

Lilly grinste und umarmte Fee. Dann holte sie Pizza und Lasagne aus dem Ofen und stellte sie auf den Küchentisch. Während des Essens kam sie dem Wunsch ihrer Freundin nach und erzählte nach kurzem Zögern von Monsieur Inconnu.

Als sich Fee nach einigen Gläsern Rotwein verabschiedete, drückte ihre Freundin sie fest an sich. „Wenn wir zu stark empfinden, sterben wir. Ein Mann kann wie ein aufkommender Wind sein, der deinen Stolz wegfegt."

„Und ... Und ein Ehemann?", erkundigte sie sich zögerlich.

Fee überlegte einen Moment. „Dieser Mann ist bereits verheiratet, mein Schatz. Und der Typ kennt gewiss zahlreiche Synonyme für die Ehe!"

„Ach ja? Welche?"

„Weiterhin hörbar, Vorhängeschloss, Heiterkeit, Nervensache, Möbelgemeinschaft, Wissenschaft, scharfe Zähne, Medalliance, ineinandergreifende Diktatur, Fertigprodukt, konzentrierter Umgang, Zweikampf, Prosaübersetzung, Geheimnis, Thermometer der Moralität, Freiheitsberaubung, Winter, doppelte Last, hellsichtig, Ziehknoten, Konservierungsmittel für die Liebe. Und seine Liste wird immer länger."

Sie lachte laut auf. „Es reicht. Bitte hör auf, Fee."

„Also gut. Ein Mädchen kann warten, bis der Richtige kommt, aber bis dahin kann es viel Spaß mit dem Falschen haben. Also warum dieser Mann? Warum?"

„Liebe kennt keine Begründungspflicht, Fee. Gute Nacht!"

„Gute Nacht, mein süßer Vogel. Pass auf dich auf."

„Fee?"

Fee drehte sich um und kam wieder auf sie zu. „Ja, was gibt's denn noch, Lilly?"

„Was ist es für ein Gefühl, jemand anderer zu sein?"

„Mir wird übel. In mir wütet ein Hurrikan, der jeden Mann, der dir wehtut, auslöschen kann! Mach dir also keine Sorgen. Was hältst du denn davon? Wir könnten am Nachmittag die höchste Erhebung der Stadt erklimmen und auf dem Hügel Montmartre die Sacré-Coeur-Basilika besichtigen." Fee tippte sich mit dem Finger an die Stirn. „Davon bekommt man eine klare Birne."

„Du meinst, ihre Kuppel besteigen? Das sind 237 Stufen, Fee!", rief Lilly empört.

„Aber man hat sowohl am Tag als auch bei Nacht einen herrlichen Blick über die Stadt. Und am Abend kundschaften wir zur Belohnung die schlüpfrigen Ecken von Paris aus", erwiderte Fee. „Übrigens besagt eine Legende um den heiligen Dionysos, dass er als erster Bischof von Paris auf dem Montmartre zusammen mit Eleutherius und Rustikus geköpft worden sein soll. Er lief ohne Kopf noch 2000 Schritte, bis der Tod endgültig eintrat. Dann schaffst du das auch!"

„Klingt verlockend. Muss ich mich vorher köpfen lassen?"

Fee zuckte mit den Schultern, ging zum Fahrstuhl und warf ihr eine Kusshand zu. „In Ordnung, Lilly, wir verzichten auf die Stufen und stürzen uns in das Nachtleben von Paris?"

„Das machen wir! Aber nicht morgen, sondern am Samstag. Morgen habe ich schon was vor", sagte Lilly und zwinkerte Fee zu.

*Liebste Minou,*

*heute hat Fee mich besucht und sie war abermals zum Schreien komisch. Fee ist eine fast überzeugte Lesbe, die vom Individuum Mann behauptet, dass er sein „Pimmelchen" als den Fickstern im Universum betrachte. Oh sorry, ich sollte solche Worte nicht in den Mund nehmen. Aber der Zornesteufel hatte Fee mal wieder* geritten und ich habe ihr Vokabular übernommen. Sie hat Liebeskummer. Ich werde mich ein bisschen um sie kümmern und sie wohl mit Monsieur Inconnu bekannt machen müssen. Aber nicht sofort. Ich möchte ihn noch eine Weile für mich allein haben. Morgen ist Freitag und Freitag ist ein Inconnu-Tag.

# KAPITEL 17

Am Freitag, dem Monsieur Inconnu-Tag, legte Lilly am späten Nachmittag in ihrem Apartment ihre Hand auf Luciens Brust und setzte sich auf das Bett.

„Obwohl dies erst unsere fünfte Begegnung ist, glaube ich zu wissen, wer du bist", sagte sie leise und küsste Lucien auf die Lippen.

Auf Luciens Gesicht lagen die Emotionen im Widerstreit. Er runzelte die Stirn. „Ich höre."

„Du möchtest für das, was du unter Liebe verstehst, leben, doch in der Nacht, im Stillen, entschuldigst du deine Gefühlslage mit Verwirrung. Die wird aber beiseitegeschoben. Deine Begleiterinnen nennst du *Süße* oder *Püppchen* oder weiß ich wie sonst noch."

Er lachte laut auf. „Dabei wollte ich dich morgen ins Restaurant *La Bastille* zum Mittagessen einladen, aber ..."

„La Bastille", fiel sie Lucien ins Wort. „Dort könnte ich dich enthaupten lassen, falls du dich nicht benimmst."

„Ich habe es befürchtet. Warum, glaubst du, habe ich mich für dieses Restaurant entschieden?"

„Keine Ahnung."

„Ich möchte über uns bei einem Glas Wein sprechen und, wenn du magst, eine Amour fou besiegeln, die unser Leben so lebendig macht."

Lilly strahlte. „Okay. Ich möchte aber, dass du mir von lustigen, längst verschütteten Begebenheiten deines Lebens erzählst."

„Nicht von den enthaupteten Mätressen vergangener Zeiten?"

Lilly lachte. „Wag es ja nicht! Ich möchte alles über *dich* wissen und kein einziges Wort über diese gepuderten Perückenzicken aus dem 18. Jahrhundert. Und außerd..."

Lucien unterbrach ihren Wortschwall, zog sie sich an sich und verschloss ihre Lippen mit einem Kuss. „Einverstanden. Wir haben dann unser sechstes Rendezvous, meine Süße. Möchtest du jetzt in eine Bar gehen und etwas trinken oder möchtest du etwas anderes?"

Seine Augen, in denen man ertrinken konnte, waren jetzt nicht mehr unergründlich dunkel wie das Meer, sondern azurblau wie der Himmel. Lilly sah die Erregung in ihnen aufblitzen. Schmetterlinge flatterten wild in ihrem Bauch. „Etwas anders", seufzte sie.

„Was geschieht mit uns, Lilly?"

Der Klang seiner Stimme zeugte von starker Zärtlichkeit.

„Ich weiß es nicht, Lucien."

„Dann sehen wir, was passiert. Lilly."

Sie kuschelte sich an ihn. „Ich fühle dich. Ich spüre dich, vom ersten Moment an." Ihre Hände formten ein Herz. „So eine Berührung, fragst du dich nicht, wie das ist?"

Lucien rekelte sich unter dem Bettlaken. „Äh, nein. Nur, wenn deine Hände mich berühren."

Lilly blickte zum Fenster, hob die Hand und zeigte nach oben, sodass ihr rechter Daumennagel den Rand des Mondes berührte, der durch die geöffneten Gardinen sein Licht auf das

Bettlaken warf. „Schau mal, Lucien, so kann er nicht weiterwandern."

„Der Mond wandert nicht, Lilly."

„Doch! Für dich vielleicht nicht, für mich schon. Sonst wäre alles wie immer." Sie sah ihn zärtlich an. „Du liegst da so ... so malerisch." Lilly setzte sich auf Lucien.

„Sag mir, was du von mir und unserer Beziehung erwartest, Lilly!", forderte er plötzlich.

Sie schürzte nachdenklich die Lippen. „Ich möchte keine Liebe mit dir, als würdest du in meinem Körper die letzte Rettung finden. Wenn du dich mir hingibst, um gleich darauf deine Gefühle wie Sand durch die Finger rieseln zu lassen, dann möchte ich dich nicht lieben. Ich möchte auch nicht, dass du mir an einem Tag Blumen schickst, am nächsten erklärst, dass du keine feste Bindung möchtest. Ich möchte nicht, dass du dich über meine Träume lustig machst, und ich möchte, dass du deine Haltung von Gleichgültigkeit ablegst."

Mit einem selbstgefälligen Grinsen packte er ihr Kinn. „Alles auf einmal?", fragte er sanft.

Lilly lächelte und ihre Finger glitten durch sein Haar. „Peu à peu."

„Das ist gut, denn daran kann ich mich vielleicht langsam gewöhnen."

Etwas war in seinen Augen, das sie veranlasste, sich an ihn zu schmiegen, sanft und vorsichtig: ein kleiner, emotional aufgeladener Ausdruck von Erstaunen.

„Ich habe mich vom ersten Augenblick an nach dir gesehnt, Lucien."

Lucien stieß einen Seufzer aus. „Lilly, meine kleine, süße Lilly. Ich weiß nicht, ob ich den Mut für deinen Anspruch an Liebe aufbringen kann."

„Ich weiß, du praktizierst die Leidenschaft als Methode der Entfremdung, weil du nicht an die wahre Liebe glaubst."

Erstaunt hob er eine Braue an. „Wie charmant. Vielen Dank." Mit beiden Händen umfasste er ihr Gesicht. „Ich kann dir nur eines versprechen, Lilly. Es wird keine Lügen zwischen uns geben."

Lilly spürte, dass es ihm ernst war. „Versprich mir, Lucien, dass du es wirklich versuchen wirst."

Lucien nickte und drückte sie an sich. „Ich verspreche es. Ich spüre da nämlich eine gewisse Magie, Lilly."

„Für den Anfang reicht mir das", flüsterte sie zärtlich.

Seine Züge entspannten sich. „Lass uns ein wenig schlafen, Lilly. Ich habe morgen einen anstrengenden Tag vor mir." Er legte sich hin, drehte sich um und schlief sofort ein.

Sie sah auf ihn hinab, blies die Backen auf wie ein Clown und pustete ihm einen Kuss zu.

„Deine Definition von Liebe wird für mich niemals darin bestehen, mich im Stich zu lassen", flüsterte sie. „Das werde ich nicht zulassen, jetzt, wo ich dich endlich gefunden habe, Monsieur Inconnu. Ich werde dich retten."

Je weiter die Nacht voranschritt, desto größer wurden die immer dichteren Knäuel aus Hoffnung. Der Schmetterling entfernte sich immer weiter von seinem Kokon.

# KAPITEL 18

Als der Fahrstuhl in den vierten Stock fuhr, musterte Tom sein Spiegelbild und fuhr sich durchs Haar. *So ist es besser*, dachte er. Er freute sich auf das Treffen mit seinem Freund.

Lucien wartete bereits an der Tür und begrüßte ihn. „Freut mich, Tom. Komm rein!"

Beim Betreten der Wohnung fiel Tom die Kinnlade runter. „Wie sieht es denn hier aus?" Überall im Apartment lagen Kleidungsstücke verteilt.

„Möchtest du etwas trinken?", erkundigte sich Lucien und verkniff sich ein Lächeln.

„Ja gern, Scotch pur, ohne Eis."

„Die Unordnung musst du entschuldigen. Meine Hilfe wurde zu neugierig. Ich hab sie rausgeschmissen. Es war mir bisher unmöglich, einen Ersatz für sie zu finden." Er reichte Tom einen Whisky.

„Ja, ja. Mal bist du reich wie ein Araber. Und dann kannst du froh sein, wenn eine zu dir kommt und sauber macht." Tom zeigte auf ein Foto. „Wer ist das? Deine neue Errungenschaft?"

Lucien nahm Lillys Foto in die Hand. „Es ist schon komisch", sagte er leise. „Die meisten von uns sind wie lange jung? Anderthalb Minuten? Lilly nicht. Lilly wird immer jung bleiben, auch wenn sie achtzig sein wird."

Tom sah ihn erstaunt an. „Andererseits scheint wohl die Zeit andere Menschen zu lieben, wie dich zum Beispiel. Dein Äußeres hat sich nicht verändert. Du siehst genauso aus wie damals,

als wir uns kennengelernt haben, während mir graue Haare sprießen." Er nippte an seinem Whisky.

„Ich bitte dich."

Wieder sah Tom auf das Foto. „Und immer, ja immer noch die gleichen Tricks? Sieht jedenfalls so aus."

„Vorsicht. Du begibst dich auf ein gefährliches Terrain. Können wir gehen?"

„Ja."

*

Das Hotel „Le Bristol" lag in der mondänen Rue du Faubourg-Saint-Honoré, unweit des Champs Élysées. Das Gebäude wirkte vergleichsweise unscheinbar, dennoch war die Noblesse des Hauses, dessen Historie bis ins 18. Jahrhundert zurückreichte, sofort zu spüren, fand Tom, als sie das Hotel betraten.

„Ich liebe dieses Hotel", sagte Lucien. „Es ist so wunderbar dezent. Du wirst von der Küche begeistert sein, Tom. Im Epicure wird klassische französische Hochküche zelebriert."

Nachdem sie bestellt hatten, ergriff Tom das Wort. „Hierher hast du also diese Lilly ausgeführt. Erzähl mir von ihr! Du kommst mir so verändert vor."

„Weißt du, ich glaube, ich fürchte mich davor, mich emotional zu binden."

„Na, dann würde ich den Ofen mal wieder woanders anheizen. Für dich gibt es überall Frischfleisch."

„Tom, bin ich ein Gemütsmensch?"

„Hm ..." Tom verschluckte sich fast.

„Ich bin nett zu den Frauen und ich behandle sie gut. Ist daran etwas falsch?"

„Wenn ich nicht das Gefühl hätte, dass du diese Frauen eine nach der anderen an die Schlachtbank führst, könntest du in deiner Beischlafhöhle ein Förderband installieren und du hättest immer einen Treffer."

„Hey! Vorsicht! Das Förderband hat einen Wackelkontakt und steht still, seit ich Lilly begegnet bin."

„Ich glaube dir kein Wort, du bist ein Schürzenjäger."

Lucien grinste. „Unsere Freundschaft abzumahnen, wäre wohl zwecklos, oder?"

Tom fuhr sich mit der Hand durchs blonde Haar. „Deine Frauengeschichten haben etwas von einer griechischen Tragödie. Aber diese Lilly, sie scheint doch die perfekte Frau zu sein. Jung und schön."

Etwas an Toms Verständnis ließ ihn einknicken und während der Ober den ersten Gang servierte, herrschte Schweigen.

„Griechische Tragödie?", fuhr Lucien fort und senkte den Blick. „Ich find das nicht komisch, Tom."

„Ich weiß, dass eine so junge Frau, eine Studentin, nicht komisch ist, es ist traurig. Warum nicht eine Gleichaltrige?"

Die sanft ausgesprochene Frage erwischte ihn. „Das kann man nicht steuern. Es passiert einfach. Lilly ist nicht mehr misstrauisch. Zwischen uns herrscht Vertrauen. Alles andere wäre fatal und würde den Zauber einer aufkeimenden Liebe verderben. Sie vertraut mir bedingungslos."

„Aufkeimenden Liebe? Du meine Güte, Lucien. Du bist viel zu weit gegangen. Du hättest die Finger von ihr lassen sollen."

Er blickte auf. „Im vertrauten Gleichklang der Gefühle stört dein Pessimismus. Ich kann auf diese Frau nicht verzichten. Warum sollte ich?"

„Weil's daneben ist", antwortete Tom.

„Also, da habe ich ein ganz anderes Gefühl."

„Aus deiner Perspektive ist das völlig in Ordnung, weil du sie mit deinen Augen siehst. Aber ich sehe dich und ich bin der Ansicht, dass das großer Mist ist. Das ist kein korrektes Verhalten."

„Okay, dann werde ich es beenden."

Lucien grinste. „Entscheide dich mal!"

„Sag mir, was ich tun soll! Sie ist geradezu umwerfend."

„Wenn Du ein Drei-Sterne-Essen hier, im Epicure, für ein minderjähriges Mädchen springen lässt, weiß ich genau, was passiert."

„Sie ist nicht minderjährig. Sie ist 21."

„Weißt du, was mit Leuten, die wie du aussehen, nicht in Ordnung ist? Sie hatten zu oft Sex. Das Gehirn ..."

„Oh, jetzt geht das schon wieder los. Was soll das?"

„Nichts. Ich bin auf deiner Seite. Ich bin der Gute."

„Lilly ist wie eine Feder, leicht, unkompliziert, die perfekte Frau."

Tom seufzte. „Und auf dem Weg, sich in dich zu verlieben, wenn ich dich richtig verstanden habe. Vielleicht ist doch etwas Gutes dran. Vielleicht macht es ein trauriges Mädchen glücklich und einen verzweifelten Mann nachdenklich. Egal wie du's betrachtest, tue mir einen Gefallen. Sei nett zu ihr."

„Ich bin immer nett zu den Frauen."

Tom lachte laut auf. „Ja, ja. Du glaubst immer noch, dass Frauen es mögen, wenn man sie belügt."

„Erst seit ich die physische Sensation kenne, weiß ich, wie oft ich gelogen habe, so wie junge Männer ahnungslos lügen, wenn sie einem Mädchen sagen: Ich liebe Dich. – Wie aber hätte ich je die Wahrheit der physischen Sensation erfahren, wenn die Sprache mit ihrer Metapher mir nicht bereits eine Ahnung von der Bedeutsamkeit des Vorgangs gegeben hätte?"

„Hör auf! Du solltest dich schämen, Hannah Arendt zu zitieren. Das steht dir nicht zu."

Den Rest des Abends sprachen die beiden Männer nicht mehr über Lilly, sondern über neue Projekte in Saudi-Arabien.

# KAPITEL 19

*Liebste Minou,*

*ich schreibe, ich male. Schreiben ist das Herz, das meinen Geist in Liebe aufsteigen lässt, als schwimmende Buchstaben mit Himmel und Hölle unter meinen Füßen oder tanzende Winde in der Nähe von den Engeln. Meine Bilder hingegen erzählen die Geschichten unserer Kindheit und Jugend. Erinnerst du dich an Steinbrüche des Lichts, an die malerischen Orte, die sich an Hänge schmiegen? Dort, wo die Zypressen die Wege schmücken, Kornfelder sich mit Mohnwiesen abwechseln und Lavendelfelder die Landschaft in einen violettblauen Blütenteppich verwandeln? Dort war ich glücklich mit dir. Unsere Streifzüge aus dem Gedächtnis auf der Leinwand festzuhalten, bedeutet, bei dir zu sein.*

*Ich habe meine Verabredung mit Fee abgesagt. Wir wollten ausgehen und Montmartre auf den Kopf stellen, aber ich habe Kopfschmerzen und in der vergangenen Nacht wieder von dem Lilly-Haus geträumt. Ich stehe dort mit meiner Puppe in der Küche, die ihren Geruch vom alten Holzfeuer verströmt, und ich habe Tränen in den Augen, aber nicht von dem Geruch, sondern weil ich traurig bin. Kurz darauf bin ich wieder von Schwärze umgeben, die ich mir nicht erklären kann.*

*Manchmal sehe ich auch mit auf den Tisch gestützten Ellenbogen aus dem Fenster, seufze und sage: „Lieber Gott, mach bitte, dass ich wieder nach Hause zu Papa und Mama gehen kann."*

*Ich weine und klage, verliere den Glauben an Gott. Ein Mann kommt herein, hebt mich hoch, drückt mich fest an sich und flüstert: „Nicht traurig sein, kleine Lilly. Ich liebe dich doch."*

*Sein Gesicht ist mager und knochig, und er sieht krank aus. Ich will wieder ein artiges Mädchen sein, damit er mir eine Gemüsesuppe kocht, weil es das Einzige ist, was er kann. „So schön ist alles", sagt er, „alles ist doch so schön, seit du bei mir bist, Lilly."*

*Aber meistens ist es nur „schön" in seinem Kopf. Er reicht mir dann eine Schale und füttert mich mit den saftigen Trauben.*

*„Wo sind Papa und Mama?", frage ich immer wieder.*

*„Sie haben sich vielleicht zwischen den Rebstöcken versteckt", behauptet der Mann. Sobald er die Worte gesprochen hat, springe ich auf und laufe davon, um sie zu suchen. Hinter den Rebstöcken bis zum freien Feld. Selbst im Lavendelfeld suche ich sie. Dahinter verläuft eine Straße, aber ich erreiche sie nicht, denn der Mann holt mich immer wieder ein und bringt mich wieder in das Lilly-Haus.*

*„Ohne Papa und Mama ist es hier nicht schön", sage ich.*

*Dann ist er verzweifelt. Ich kann es sehen und bedaure meine Worte.*

*Liebste Minou, was hat dieser Traum nur zu bedeuten? Muss ich auf der Hut sein?*

*Deine Lilly*

# KAPITEL 20

Von seiner Beziehung zu Lilly wusste niemand, daran hatte Lucien nicht den geringsten Zweifel. Er war extrem vorsichtig gewesen, außerdem hatten sie sich in unterschiedlichen Kreisen bewegt. Sie hatten sich bei ihr in der Rue Vernet getroffen, wenn im Gebäude alles ruhig war. Und normalerweise hatten sie in einem Lokal, in dem niemand sie kannte, zu Mittag gegessen. In manchen Wochen hatten sie sich jeden Tag in Lillys Appartement gesehen, außer samstags und sonntags.

„Fahr nach Hause, ich geh noch spazieren", hatte er gesagt. Doch sie war ebenfalls ausgestiegen, in ihrem kurzen weißen Kleid und dem breitkrempigen Strohhut, in dem sie sehr französisch ausgesehen hatte. Sie hatten sich geküsst und umarmt, als wären sie jahrelang getrennt gewesen. Danach war Lilly wieder eingestiegen und er hatte das Taxi beobachtet, bis es außer Sichtweite war.

Seine Rolex zeigte zwanzig Minuten nach zwölf. Er vergrub die Hände in den Taschen seines Regenmantels und ging weiter. Er hoffte inständig, dass Lilly irgendwann einen netten jungen Mann finden würde, der ihr das geben könnte, was sie brauchte. Er wollte nur ihren Körper. Aber war das wirklich so? Er schlenderte gern Händchen haltend mit ihr durch die belebten Straßenmärkte von Paris, oder sie flanierten über die Blumenmärkte und bewunderten die spektakulären Sorten. Mit ihr genoss er den Charme der Stadt. Mit ihr verlor er gern die Orientierung, aber nie lange. Er blieb immer dicht neben ihr, sie hielten sich an der Hand, und manchmal wollte er sie gar mehr nicht loslassen. Ein Gefühl, das ihn irritierte.

Später betrat er sein Haus. Der flimmernde Bildschirm des Fernsehers tauchte den Wohnraum in ein Halbdunkel. Zwei Füße ragten über die Seitenlehne des Sofas, ein Fuß in einer grünen Socke, der andere in einer roten. Er ging in die Küche zum Kühlschrank und öffnete die Tür. Das Stauder-Bier und die Cola-Dosen standen fein säuberlich sortiert aufgereiht im mittleren Fach. Um die Ordnung zu stören, stellte Lucien sie um. Dann schenkte er sich ein kühles Bier ein und trank es in einem Zug aus.

Als er in den Wohnraum zurückkehrte, entdeckte er so viel, was ihn störte. Seine Frau schlief tief und fest. Lucien nahm das schottische Plaid und deckte sie damit zu. Dann beugte er sich über sie, streichelte ihr Haar und drückte ihr einen Kuss auf die Stirn. Er hob vorsichtig ihre Beine an, setzte sich und legte sie auf seine Knie. Dann lehnte er sich zurück und suchte nach einer bequemen Position, um sich die N24-Nachrichten anzusehen. Seine Frau öffnete die Augen, lächelte und schloss sie wieder.

*Was für eine beschissene Ehe*, dachte er und schlief vor dem Fernseher ein.

# KAPITEL 21

*Liebste Minou,*

*Monsieur Inconnu gefällt mir mehr als alles andere.*

*Nur in der Nacht, wenn er nicht neben mir schläft, neige ich dazu, mich einem anderen Wesen zu widmen, das mich, seit ich in Paris bin, im Dunkeln heimsucht und mich aus meinen Träumen aufwachen lässt.*

*Es ist ein fünfjähriges Mädchen, ein Quälgeist, ungebärdig und temperamentvoll. Ein ziemlich unerschrockenes und wildes Kind, das mich in peinliche Situationen bringt und mich überfordert. Ständig läuft es in der Nacht über einen kieshaltigen Boden zwischen den Weinrebenstöcken hin und her. Ambosswolken türmen sich dann auf und verschwinden lautlos. Die Sterne wandern und das Kind auch. Immer, wenn es mich mit seinen Augen, die wie Edelsteine in einem blassen Gesicht glänzen, ansieht und auf seine nackten Füße zeigt, mache ich ins Bett. Das Mädchen ist ein Satansbraten, der in meinem Schlafzimmer an meinen Haaren zerrt, mir freche Antworten gibt, Wutanfälle und Temperamentsausbrüche bekommt – in einer Sprache, die mir fremd ist.*

*In solchen Nächten verstehe ich die Welt nicht. Ich weiß, dass das Mädchen nicht existiert. Dennoch steigt es aus den Fotografien an der Wand und betritt mein Schlafzimmer und alles, was ich sehe, berühre, höre und rieche, ist dann zwar ohne Konsistenz, aber doch so real.*

*Verstehst du es, Minou, dass meine Träume erfüllt sind von der Gegenwart einer Fantasiegestalt, die mir neuerdings immer wieder erscheint?*

*Minou, wer ist dieses Mädchen und was will es von mir? Glaubst du, der Traum spiegelt meine Vergangenheit wider oder werde ich in eine komplizierte Liebesgeschichte verwickelt? Das Mädchen tritt doch nicht einfach nur so auf. Wenn es kommt, verändert sich unweigerlich etwas in mir und der Schmetterling schlüpft zurück in seinen Kokon. Meine Angst wandelt sich und wird zu etwas anderem, nimmt eine andere Gestalt an. Seltsamerweise sieht mir dieses Kind sehr ähnlich, aber ich habe doch keine Zwillingsschwester. Ich habe nur dich.*

*Deine Lilly*

Lilly legte den Stift beiseite. In ihrem Gedankenstrudel gefangen, ging sie die Treppe zum Schlafzimmer hinauf. Auf dem Weg nach oben blieb sie vor dem Foto ihrer Schwester Minou stehen und stellte eine Veränderung in ihren Augen fest. Minou betrachtete sie anders als sonst, so als wüsste sie von dem Brief, den sie gerade geschrieben hatte. Diese Augen sagten ihr: „Deine Fantasie geht mit dir durch, Lilly."

Das Foto schwieg und Lilly kehrte in die Wirklichkeit zurück. Die imaginären Worte aus dem Mund ihrer Schwester trafen ins Schwarze. Sie lachte laut auf und verdrängte die finsteren Gedanken.

*

In der Nacht träumte sie von Lucien.

*„Ist es falsch, einem Menschen Hoffnung zu machen, wo keine ist?", fragte er.*

*„Warum nicht? Ich würde alles für die Liebe geben. Was würde ich nur tun, Lucien, wenn du nicht da wärst? Wo wäre ich dann? Ganz im Ernst."*

*„Zerbrich dir darüber nicht den Kopf, Lilly. Es zählt nur jetzt."*

„*Ich mache alles, was du willst, Lucien. Ich möchte dich niemals verlassen.*"

„*Wir bleiben für immer zusammen, Lilly.*"

„*Versprochen?*"

„*Ja.*"

„*Ich liebe dich*", *flüsterte sie zärtlich.*

# KAPITEL 22

Viele Wochen, in denen die Natur den Winter verabschiedete, waren seitdem ins Land gezogen. Die Nächte, die Lilly mit Lucien verbrachte, waren voller Frühlingsgefühle – abgesehen von der ersten Nacht, in der es nur um Wollust, um puren Sex gegangen war. Danach hatte sie endlich die wichtigste Sache der Welt entdeckt: die Liebe. Sie blieb immer lange wach und nutzte den kleinsten Lichtschimmer, der durch das Fenster fiel, um Lucien zu betrachten.

Er zuckte zusammen, so als hätte er im Traum Schüsse gehört. Lilly berührte seine Stirn ganz sanft mit dem Finger.

Lucien reagierte. „Lilly", murmelte er und zog sie an sich, so dass er ihr selbst im Schlaf ganz nah war.

Sie kuschelte sich an ihn, legte seinen Arm unter ihren Nacken und seine Hand über ihren Kopf. Diese Stellung, die sie noch nie zuvor erlebt hatte, gefiel ihr so gut, dass sie einfach nicht verstehen konnte, wie man einschlafen sollte, wenn man so glücklich war.

„Ist es nicht möglich, dass Verliebte ohne Schlaf auskommen, Lucien?"

„Lilly, es ist zwei Uhr. Wollen wir nicht ein bisschen schlafen?"

„Ab einem gewissen Punkt verlieren Verliebte nun mal das Bedürfnis, zu essen und zu schlafen."

Lucien öffnete die Augen. „Lilly, ich habe nicht vor zu verhungern oder nicht zu schlafen. Gute Nacht, meine süße Lilly."

„Gute Nacht, Lucien", flüsterte sie und küsste ihn sanft.

Sie schrieb Minou jeden zweiten Tag einen Brief, erhielt aber nur hin und wieder eine Antwort und diese war gespickt mit Warnhinweisen, doch vorsichtig zu sein, da der berauschende Augenblick außer Kontrolle geraten konnte.

*Liebste Lilly,*

*in manchen Augenblicken, wenn der Himmel von diesem makellosen Blau ist, rufe ich dich ins Gedächtnis, und in den sternenklaren Nächten glaube ich, dass es die Sterne von Paris sind, die auf mich herabblicken, schöner, größer, zahlreicher und so nah, wie ich sie nie zuvor erblickt habe. Und manchmal, wenn ich mich unbeobachtet fühle, rufe ich dann deinen Namen. Gestern, als ich nach langer Zeit wieder einmal auf unserer Terrasse über dich, über uns und über die vielen Stunden, die wir hier verbracht haben, nachgedacht habe, wurde ich traurig, weil ich es dir so gerne persönlich gesagt hätte. Ich werde heiraten, Lilly. Ja, ich habe mich zu einer Heirat entschlossen, denn die Liebe mit ihm ist nicht nur ein wunderbares Abenteuer, sondern eine Liebe, die mich in einen sicheren Hafen führen wird. Deshalb gebe ich dir einen guten Rat: Lebe deine Gefühle aus, Lilly, lass dir von einer Pariser Couturier farbenfrohe Kleider schneidern, die deinen Teint zum Strahlen bringen! Kauf dir schöne Dessous, die Monsieur Inconnus Gier aufpeitschen!*

*Bitte verdränge die Erinnerung an deine Albträume, die nur dafür da sind zu glauben, dass das Glück nicht möglich ist! Sei eine Femme fatal, denn wenn man sich nur bemüht, ein guter Mensch zu sein, reicht es nicht aus, um das Glück wirklich zu verdienen! Jedes Mal, wenn dein Monsieur Inconnu an deiner Haustür klopft, ist auch das Glück wieder da, das Glück und die Liebe.*

*Zieh den Petticoat aus, denn Sex mit jemandem, den man liebt, gleich, wie die Umstände auch sind, ist etwas Wunderschönes, etwas wunderbar Erfüllendes! Vielleicht legst du ja mit deinem Petticoat auch das Mädchen in deinen Träumen ab.*

*Ich möchte dir keine Fragen stellen, auf die ich keine Antworten bekommen werde. Doch ausgerechnet in dieses Vakuum der Nichtantworten schleicht sich bei mir die Vorstellung ein, dass all deine schlechten Träume jeglicher Grundlage entbehren. In mir erwächst vielmehr die wunderbare Hoffnung auf dein Glück.*

*Lass dich nicht täuschen von einem Trugbild! Dieses Kind gibt es nicht, es versucht, dich in deinen Träumen zu täuschen, indem es dich glauben lässt, es wäre du selbst, aber das ist nicht wahr. Es beherrscht alle Tricks. Morgen steht es in deinen Träumen womöglich neben deinem Bett, stößt finstere Laute aus und kämmt sich dabei sein Haar. Schenke ihm keine Beachtung, lass dich nicht von der Panik beherrschen, die es dir einzuflößen versucht! Flüchte vor ihm, Lilly, indem du die Augen öffnest und aus deinem Traum erwachst! Du kannst diesen Bastard überlisten. Möglich ist es immer, du musst nur wissen, wie. Ich sorge mich um dich, Liebes. Schenk dem Mädchen keine Aufmerksamkeit, beachte es gar nicht! Genieße Monsieur Inconnu! Dann wird alles gut.*

*In Liebe*

*Deine Minou*

*

Lilly ignorierte jede Warnung und enthielt Minou selbst ihren Liebesroman vor, an dem sie gerade arbeitete. Stattdessen zeigte sie ihre Texte Lucien, der sie las und sich als strenger Kritiker erwies. Für jeden Rechtschreibfehler, jede Wortwiederholung oder sonstige Nachlässigkeit gab er ihr einen Klaps auf den Hintern, zerzauste ihr Haar und forderte sie auf, alles noch einmal zu schreiben.

„Das ist ein Fehler! Ein Fehler!", sagte er.

Lilly war kein bisschen böse auf ihn, im Gegenteil, diese Lektionen machten ihr viel Spaß.

Sie liebte ihre gemeinsamen Spaziergänge an der Seine entlang und hatte den Eindruck, als ähnelten die Plätze in ihren Geschichten alle ein wenig den Plätzen in Paris. Früh am Morgen war Paris leuchtend, mediterran, geheimnisvoll und feucht, auch wenn man in Eile war, kam man nicht umhin, sich an eine Mauer oder ein schmiedeeisernes Geländer zu lehnen und den Himmel und die Sonne in sich aufzunehmen.

Dennoch ... seit sie die Liebe mit Lucien lebte, störte ein kleines Mädchen in der Nacht ihren Schlaf immer häufiger und bereitete ihr seltsame Albträume.

Lilly wusste nicht, warum.

# KAPITEL 23

Lilly legte enttäuscht den Telefonhörer auf. Lucien würde heute keinen Wagen schicken, um sie abzuholen. Ein wichtiger Geschäftstermin sei ihm dazwischen gekommen, hatte er erklärt, aber Lilly hegte Zweifel, ob das der wahre Grund seiner Absage war.

Eine Weile stand sie unschlüssig da und blickte um sich. Die Strahlen der untergehenden Sonne drangen durch das kleine Regal, das vor dem Eckfenster im Wohnzimmer stand. Sie sah auf die Uhr und ging ins Bad, spritzte sich Wasser ins Gesicht. Im Schlafzimmer öffnete sie den Wandschrank und zögerte beim Anblick ihrer Jogginghose. Eine Runde Laufen und frische Luft waren in einer solchen Situation genau das Richtige.

Sie schlüpfte in ihre Sportkleidung, verließ ihre Wohnung und lief in Richtung Fluss. Dort joggte sie entlang der Seine, bis sie außer Atem war. Auf einer Bank in der Nähe von Pont Neuf ruhte sie sich aus und nickte ein ...

*

Währenddessen ließ der feine Regen die Pariser Bürgersteige feucht erstrahlen. Ein Mann schlug den Kragen seines Mantels hoch und trat auf den Zebrastreifen. Ein Taxi streifte ihn fast. Der Fahrer hielt die Hand aus dem Fenster und dankte ihm mit einer spöttischen Geste. Er überquerte die Straße, blickte hoch in das deprimierende Grau des Pariser Himmels und fröstelte.

Am Pont Neuf traf er sich trotz des Nieselregens auf einen Spaziergang mit seiner hochschwangeren Frau. Sie unterhielten sich über das Baby und über das Kinderzimmer. Alles andere nahm er nicht wahr. Er hatte nur noch seine kleine Familie im Kopf. Er war überwältigt von dem neuen Leben, das im Körper seiner Frau heranwuchs. Er umarmte sie und küsste ihren Hals. Dann schaute er über ihre Schultern. Eine junge Frau kam ihnen entgegen und setzte sich wenig später auf eine Bank am Quai. Er grüßte verlegen, doch sie erwiderte seinen Gruß nicht.

# KAPITEL 24

*Sie erstarrte, als sie den Mann in Begleitung einer hochschwangeren Frau entdeckte. Ein Trugbild? Die beiden standen am Ende der Brücke und unterhielten sich angeregt. Das ist also deine geschäftliche Verabredung, dachte Lilly. Sie eilte mit gesenktem Blick an ihnen vorbei. Sie ließ sich auf einer Bank unterhalb von Pont Neuf nieder und blickte auf das Wasser der Seine. Die Wellen glänzten wie Öl.*

*Der über den Wolken vorhandene Himmel wirkte nun ebenso düster, dass es ihr vorkam, als befände sie sich bereits im Jenseits, denn so konnte nur der Seelentod sein.*

*Noch einmal sah sie in Richtung Brücke: Lucien in einer leidenschaftlichen Umarmung, daneben stand das kleine Mädchen aus einem anderen Traum. Es winkte ihr zu. Das Bild war angsteinflößend.*

\*

Ein Windstoß blies durch ihr Haar und Lilly schreckte auf. *Du meine Güte.* Sie war auf einer Bank eingeschlafen, wie ein Clochard. Sie blinzelte und sah zur Brücke hin. Doch am Ende der Brücke war nichts zu sehen, außer einiger Passanten, die über die Brücke Pont Neuf schlenderten. Kein Lucien, keine hochschwangere Frau, die sich bei ihm einhakte, kein Mädchen. Sie lächelte über ihre Fata Morgana! *Das hast du davon, wenn du dich in einen verheirateten Mann verliebst. Überall siehst du Gespenster. Selbst im Schlaf.*

Bei dem Gedanken kehrte ihre gute Laune zurück. Lilly stand auf. Am Quai gingen die Straßenlaternen eine nach der anderen an. *Bonsoir, Lilly,* murmelten sie. *Guten Abend.*

Sie lief eilig in Richtung Rue Vernet und betrat wenig später ihre Wohnung.

Als Erstes setzte Lilly sich an den Schreibtisch vor dem Fenster, und womöglich war es jetzt, in diesem Moment, nur ihm zu verdanken, dass sie nicht erneut über die Fata morgana am Pont Neuf grübelte. In Deutschland hatte sie nie einen eigenen Schreibtisch besessen. Das Pult in ihrem Jugendzimmer, an dem sie nur ihre Schularbeiten gemacht hatte, hatte sie sich mit Minou geteilt. Sie hatte sich zuhause zum Schreiben nicht einmal an einen Tisch setzen können. Seit ihre Mutter ihre erotischen Zeilen entdeckt hatte, schrieb sie immer nur im Verborgenen, das Heft auf dem Schoß, um es schnell in den Falten ihres Rocks verschwinden zu lassen, sobald sie jemanden kommen hörte. Seit sie aber in Paris lebte, befand sich die Ledermappe, in der zahlreiche beschriebene Blätter lagen, auf ihrem Schreibtisch: Zeilen an Minou, die ihre Schwester nicht erreicht hatten. Noch nicht.

Lilly nahm ihr Heft aus der Jackentasche, legte es feierlich in die Ledermappe und rückte diese mitten auf den Schreibtisch. Hier musste sie keine Angst haben, dass unversehens jemand hineinkommen und lesen könnte, was in Ihrem Heft geschrieben stand.

\*

In der Nacht erwachte Lilly langsam, als käme sie aus tiefer Schwärze hinaus ins Licht. Im Dunkeln tastete sie nach dem Schalter der Nachttischlampe. Das Lichte flammte auf. Blinzelnd ließ sie den Blick durch das Apartment bis zu dem Heft auf dem Schreibtisch schweifen.

Langsam lichtete sich der Nebel um ihr Hirn. Sie schaute benommen auf die Uhr neben dem Bett. Zwanzig Minuten nach drei. Sie hatte erst zwei Stunden geschlafen und war todmüde.

Irgendetwas befahl ihr, aufzustehen – ein beschwörendes Flüstern aus der Ferne. Sie setzte sich auf, rutschte aus dem Bett, warf den Bademantel über und ließ sich am Schreibtisch nieder.

# KAPITEL 25

Am Pont Neuf entdeckte Lucien Lilly, die auf einer Bank saß und ihn anstarrte. Hatte sie ihn beschattet oder saß sie nur zufällig dort? Er hatte sich soeben von Claire verabschiedet und ihr eindeutig zu verstehen gegeben, dass es vorbei war.

Kurze Zeit später sah er wieder in Lillys Richtung, aber da war niemand mehr.

Lucien winkte ein Taxi herbei.

Bis diese wunderbare Frau in sein Leben getreten war, hatte er im Traum nicht daran gedacht, eine Frau so sanft zu berühren, als wäre sie eine Skulptur. Er, der nie einen Menschen wirklich geliebt und beim Anblick einer Frau nur den Sex im Sinn gehabt hatte, hatte sich verliebt.

Er hatte aber nie daran gedacht, ihr zu sagen, dass sie von innen leuchtete und er der glücklichste Mann auf Erden sei.

Sein Verlangen nach Lilly wurde nach jedem Eindringen stärker.

Eines Tages hatte er Lilly gefragt, ob er ihre Beine einmal in ganzer Länge betrachten dürfte. Zuerst die Haare, ferner die samtweiche Haut am Hals, dann die zarten Hände, die denen eines Kindes glichen. An jenem besagten Tag gingen sie im Morgengrauen auseinander. Sie hatte seinen Kopf zwischen die Hände genommen und hielt ihn an ihr pochendes Herz.

„Es ist mir ernst", hatte er Lilly ins Ohr geflüstert.

Aber „ernst" war der Vorname des Vergnügens. „Versprich mir, dass du es ernsthaft versuchen wirst!", hatte auch seine

Ehefrau vor der Hochzeit gesagt. Das war vor vielen Jahren gewesen.

*Ernst. Gefühl. Liebe.*

Diese Gedanken. Immer dieselben Dinge, die er fühlte oder nun doch noch nie zuvor erlebt hatte? Oder, besser gesagt, erlebt haben könnte. Niemand durfte davon wissen, weil man ihn sonst endgültig für verrückt erklärt hätte. Hatte er sich in eine einundzwanzigjährige Studentin verliebt?

„Paris bedeutet, es wird Zeit, sofort mit dem Leben zu beginnen, Lucien!", sagte sie oft. „Morgen ist nicht nur ein Augenblick, morgen ist das Leben mit dir, unser Leben. Ich will auch die vielen anderen Dinge, die das Glück ausmachen: schmecken, riechen, fühlen, ich will den Geruch von Holz, Getreide, Tomaten, Obst auf den Märkten, Trauben, Lavendel und Rosen, frisch gebackenes Brot vom Bäcker. Mit dir empfinde ich alles neu. Aber nichts liebe ich sie so sehr wie dich. Du gefällst mir mehr als alles andere."

Solche Sätze raubten ihm zwar den Atem, aber er gestand Lilly dennoch seine bisherige Gefühlsarmut, weil er spürte, dass seine Offenheit bei ihr gut aufgehoben war, auch wenn er sie noch nicht richtig kannte. Lilly war begeistert von seinem Bekenntnis gewesen und er musste ihr hoch und heilig versprechen, sich niemals deswegen zu schämen.

Aber Lilly vergaß etwas. Er kannte nur eine Leidenschaft: die Frauen. Seit er ein kleiner Junge war, himmelte er sie an. Lilly hatte aber etwas in ihm ausgelöst, was ihm bis dato fremd gewesen war. Die Liebe vielleicht?

*Nein*, dachte er. *Die kann ich mir nicht leisten.* Er durfte Lilly nicht mehr wiedersehen. Nie mehr.

Waren sie jetzt dazu verdammt, sich nacheinander zu verzehren, ohne sich jemals zu erreichen?

*Lilly, du...*

*Nein! Diese Liebe kann ich mir nicht erlauben.*

# KAPITEL 26

*Liebste Minou,*

*ich bin gerade aus einem Albtraum aufgewacht, wie zwei Nächte zuvor. Ich hatte erneut eine grauenvolle Vision, einen Traum, ich weiß nicht, warum ich von einem Haus träume und dabei an den Tod denke.*

*Immer wieder zeigt das Mädchen auf eine Tür und fordert mich auf, sie zu öffnen und den dahinterliegenden Raum zu betreten. Ich habe nicht den Mut, denn hinter der Tür lebt dieses Kind in einer Welt der Stille, der Spiele und Schreie, des Lachens und Weinens, des Zorns und voller Schmerz. Ich habe einige Male versucht, die Tür zu öffnen, indem ich meine Hand auf die Klinke legte, aber meine Angst hielt mich zurück, sie hinunterzudrücken. In meinen Träumen sind auch die Schmetterlinge verschwunden, die mich tagsüber im Garten von Madame Beatrice begrüßen.*

*Manchmal vernehme ich auch wimmernde Geräusche, nicht von Erwachsenen, eher von Kindern ohne Gesichter.*

*Ich wache auf, spüre Spucke zwischen meinen Lippen und der Schaum vor meinem Mund erstickt meinen Schrei.*

*Ich öffne meine Augen und beruhige mich, indem ich mir vorstelle, dass Lucien mich in den Arm nimmt und mir zärtlich über das Haar streichelt. Neben dir ist er der einzige Mensch, der mir ein Gefühl der Geborgenheit gibt, der mein Glück ist und mein Licht, der mich beschützt und mich beruhigt mit seiner Gegenwart und seinem Geruch.*

*In meinem Traum bin ich ein kleines Mädchen, das in einem Raum eingesperrt und schmutzig ist. Der Mann und die Frau, die mich hierher gebracht haben, sind weiß gekleidet und wohnen in einem Gebäude über mir. Sie bringen mir täglich etwas zu essen und zu trinken. Der Mann spricht mit mir, die Frau schweigt.*

*Komisch. Ich habe das Gebäude vor Augen, wie es behaglich und rustikal hinter Tannen versteckt am Ende eines langen und gepflasterten Fahrwegs liegt und von einer vollständigen Stille umgeben ist. Ein Kübel mit Vergissmeinnicht steht unter dem Vorderfenster und Bienen kreisen in endloser Sinnlosigkeit um die blauen und gelben Blüten. Wenn die Haustür sich öffnet, sehe ich in einen langen Gang, der zu einem großen Saal führt. An den Ziegelwänden hängen die Fotografien vieler Personen. Der vorherrschende Eindruck ist aber der von eisiger Kälte. Bei näherem Hinsehen fallen mir die geschlossenen Vorhänge, absolute Sauberkeit und die wie mit dem Lineal aufgereihten Möbel im Saal auf. Ein Mann tritt aus dem Saal in meinen dunklen Raum und sagt: „Das wird schon wieder, Kind."*

*Dann bricht mein Traum ab und ich wache auf. Verrückt, nicht wahr?*

\*

Lilly spürte, wie ihre Stirn plötzlich eiskalt wurde. Sie fröstelte. Ihr Blick wanderte zur Treppe, dann zur Wand bis zu dem Gesicht ihrer Schwester, das sie aus dem Bilderrahmen ansah. Sie betrachtete es eingehend. Irgendetwas wollte Minou ihr sagen. Hieß es ist nicht immer, Frauen bildeten eine Kette? Wo hatte sie das nur gelesen?

„Soll der Traum heißen, dass etwas Schreckliches geschehen könnte, Minou?", flüsterte sie. „Oder geschehen ist."

Zutiefst verwirrt von diesem Sturzbach düsterer Gedanken wandte sie den Blick von dem Gesicht ihrer Schwester ab. Sie war wütend auf sich, weil sie sich den Luxus erlaubt hatte, einen Albtraum in ihr Leben zu holen, als hätte sie auf dieser Welt nichts Wichtigeres zu tun gehabt.

# KAPITEL 27

Sie kannten sich mittlerweile seit drei Monaten und sahen sich aber nur an zwei Wochentagen. Die Wochenenden gehörten nicht ihr, sondern Luciens Familie. Anfangs war es ein Schock gewesen, dass ihr Geliebter verheiratet war, aber dann fand sie sich damit ab. Auch hatte sie Verständnis dafür aufgebracht, dass sie ihn teilen musste, doch allmählich gingen ihre Wochenenden in Schluchzern unter.

Sie wollte Lucien von ihren Tränen erzählen, spürte aber, dass es besser wäre, sie zu verschweigen. Lucien stürzte sich am Freitag ins Familienleben und sie sich in einen anderen Raum, um sich heimlich auszuweinen. Nur an einem Wochentag wie heute, nach einer gemeinsam verbrachten Nacht, war sie die glücklichste Frau von Paris.

Lilly stand auf, sanft, um Lucien nicht zu wecken, ging ins Badezimmer, ließ ein warmes Bad einlaufen und drehte die Heizung auf. Das Badezimmer war so kalt, dass sie es nicht über sich brachte, mit den Schultern aus dem Wasser aufzutauchen. Sie hatte die Haare shampooniert und sich eine schwindelerregende Frisur ausgedacht, doch ihr Anblick im Spiegel an der Fliesenwand entlockte bei der Kälte ihrem Gesicht kein Lächeln mehr.

Plötzlich hörte sie ein Geräusch, ein paar Schritte nur. Der Fußboden im Wohnzimmer knackte lauter als sonst, das Apartment schien aktiver zu sein. Dinge bewegten sich, Wasserdampf bildete sich auf den Badezimmerfliesen und auf den Boden tropfte die Feuchtigkeit eines Schattens. Das Wasser in der Wanne stieg an, als Lucien sich zu ihr gesellte. „Gefällt es dir?"

„Meinst du unser Planschvergnügen oder etwas anderes?"

„Ich meine, dass um diese Uhrzeit Paris leuchtend, mediterran, geheimnisvoll und feucht ist."

„Du zitterst ja am ganzen Körper. Komm näher, damit ich dich wärmen kann!"

„Mir wäre etwas anderes lieber."

„Was denn?", fragte er.

„Wenn ich dich ansehe, ist es, als würde ich den morgendlichen Himmel und die aufgehende Sonne in mir aufnehmen. Ich genieße unsere Liebe wie das Unendliche über mir, mit den Farbschattierungen, den Buchstabenwolken, die in meiner Fantasie immer eine Variation dreier Wörter bilden: je t'adore, je t'aime, je t'embrasse. Begehren, lieben, eine Umarmung – grenzenlos."

„So sehr liebst du mich?", fragte er zärtlich.

Lilly nickte. „Das Leben der Menschen in Paris kommt mir klein und flüchtig vor, jetzt, wo ich dich kenne, aber auch voller Freude. Aber ..."

Lachfältchen bildeten sich um seine Augen. „Aber?"

„Ich liebe dich nicht so sehr, dass ich hier im erkalteten Wasser erfrieren möchte."

Sie stiegen aus der Badewanne, warfen sich einen Bademantel über und gingen ins Schlafzimmer. Dort blieben sie vor dem Bett stehen, in dem sie in der Nacht miteinander geschlafen hatten und das jetzt einladend auf Lilly wirkte.

„Hier werde ich dich wärmen, Lilly", sagte Lucien zärtlich.

Wenn Lilly mit Lucien zusammen war, fühlte sie keinerlei Scham, ja, sie schämte sich nicht einmal, mit ihm gemeinsam zur Toilette zu gehen. Vielleicht ein ganzes Leben lang. Sie hatte endlich jemanden getroffen, der ihrer Seele entsprang, einen Seelenfreund, das Wichtigste im Leben, etwas, das ihr bisher gefehlt und das sie schon zu Teenagerzeiten beschrieben hatte.

Dennoch litt sie darunter, dass sie nur für zwei oder drei Tage die Frau an Luciens Seite sein durfte.

Wenn er die Tür hinter sich schloss und das Haus verließ, hielt er draußen vor dem Wagen immer einen kurzen Moment inne und sah zum Fenster hinauf, weil er wusste, dass sie dort stand und ihn beobachtete. Er schenkte ihr ein flüchtiges Lächeln, das ihr fast wehtat, so sehr gefiel es ihr. Sie floss über vor Gefühlen, die sie den ganzen darauffolgenden Tag erfüllten.

# KAPITEL 28

Zwei Tage später kam Lilly in Luciens Apartment.

„Schön, dass du da bist, ma chérie", begrüßte Lucien sie und küsste sie sanft. „Ich habe dich vermisst."

Sie ignorierte seine Zärtlichkeit und hängte wie ein Roboter ihren Mantel an die Garderobe. Dann ging sie zur Toilette und wusch sich die Hände. Als sie in den Spiegel schaute, warf er ihr nach einer schlaflosen Nacht, in der sie wieder von Träumen heimgesucht wurde, ein müdes Gesicht zurück. Müdigkeit sah sie und sonst nichts.

In der Küche bereitete sie eine kleine Mahlzeit zu und erzählte Lucien dabei ihren Traum in allen Einzelheiten.

Als sie den seltsamen Blick in seinen Augen sah, war sie still und vollkommen einsam. Plötzlich weinte sie an seinem Hals und vergaß, wie unwohl er sich dabei fühlen musste. Sie weinte und dachte an die Spaghetti, die sie für sie beide gekocht hatte und die jetzt ungenießbar sein würden.

Er hob ihr Kinn und sah sie irritiert an. „Hör bitte auf, Lilly. Es ist doch nur ein Traum."

„Hörst du denn, was du sagst, Lucien? Mich quält dieser Traum, weil er meine Nachtruhe stört", sagte sie leise. „Darf ich dir meine Träume nicht erzählen?"

Er löste ihre Umarmung und musterte sie mit einem seltsamen Blick. „Lilly, was ist los mit dir?"

„Ich habe Angst, weil ich glaube, dass dieses seltsame Mädchen ein Vorbote ist."

Lucien hob die Augenbraue. „Ein Vorbote wovon?"

„Ein Vorbote des Todes vielleicht."

„Glaubst du, der Tod sagt Bescheid, bevor er einen holt?", fragte er unvermittelt. „Wie kommst du denn auf diesen Blödsinn?"

„Hm ... In der Geborgenheit des Dunkels sind der Fantasie keine Grenzen gesetzt, behauptet Fee. Unsere Seelen kämen dann zum Spielen heraus."

„Welche Seelen?"

*Meine und die des Mädchens,* lag Lilly auf der Zunge, doch stattdessen sagte sie: „Schon gut." Sie wollte vermeiden, dass der Abend in einen Streit überging und trocknete ihre Tränen.

„Fee sollte sich lieber um ihre Seele kümmern und weniger deine Ängste schüren", meinte er trocken.

Obwohl sie wusste, dass sie sich allmählich zu einem Wesen mit geröteten Augen entwickelte, das hinausstürzte, um sich in einem anderen Raum auszuweinen, lächelte sie.

„Du hast Recht. Komm, lass uns das Thema wechseln!"

„Braves Mädchen."

Sie deckte den Tisch und fühlte sich hilflos und entsetzlich einsam.

# KAPITEL 29

Lilly war gut gelaunt, als sie zur Apotheke lief. Nicht zu der Apotheke um die Ecke, sondern zu einer Apotheke, die in einem anderen Stadtteil lag, etwas weiter weg, weil man sie dort nicht kannte. Sie lächelte und versuchte, locker und lässig auszusehen: „Einen Schwangerschaftstest, bitte."

Es war nichts da, man sah nichts, und doch berührte sie häufig ihren Bauch. Aber ihr Herz schlug schon schneller. Sie hätte es gerne Minou geschrieben, aber das würde Monsieur Inconnu nicht gefallen. Sie kehrte in ihr Apartment zurück, wartete und zögerte die Freude hinaus. Der Test war da, in ihrer Tasche auf der Anrichte in der Diele, und sie war ein wenig aufgeregt. Sie hatte die Situation im Griff. Sie lächelte, war gut gelaunt.

*

Frühmorgens bestrich sie etwas Brot mit Butter. Sie gab sich Mühe. Sie leckte den Marmeladenlöffel ab und wünschte sich, Lucien würde sie dabei küssen können. Überall. Im Nacken. Auf die Wangen. Auf den Mund.

Lilly ging die Treppe hinunter und versuchte, nicht an ihre Tasche zu denken, aber es gelang ihr nicht. Sie blieb stehen, nahm den Test in die Hand, versuchte, die Verpackung zu öffnen, verlor die Geduld und riss sie mit den Zähnen auf. Die Gebrauchsanweisung würde sie später lesen. Sie pinkelte auf das Ding, das ganz warm war, legte es aber dann irgendwo ab und las die Gebrauchsanweisung. Man sollte vier Minuten warten und dann auf die kleinen Felder schauen. Wenn sich die beiden Felder rosa färbten, dann, ja, dann war sie schwanger.

Oh, wie lang vier Minuten sein konnten. Lilly trank in der Zwischenzeit einen Kaffee und stellte die Eieruhr in der Küche.

Vier Minuten – so, jetzt. Sie spielte nicht mit dem Teststab herum, sondern betrachtete die Risse in der Wand und überlegte, was sie wohl heute Abend für Lucien kochen würde.

Sie wartete die vier Minuten nicht ab, das war auch nicht nötig. Man konnte das Ergebnis schon erkennen. Sie war schwanger. Sie hatte es gewusst. Sie versteckte den Test ganz unten im Mülleimer und deckte ihn sorgfältig mit leeren Verpackungen zu. Denn im Augenblick war das Ergebnis ihr Geheimnis. Jetzt, mit dieser Gewissheit, ging es ihr besser. Lilly atmete tief ein, atmete aus. *Ich habe es gewusst, wollte nur sichergehen.* Jetzt konnte sie an andere Dinge denken – an Minou, an Fee, an Tante Beatrice, an Schmetterlinge, an Lucien, den Vater ihres Kindes. Nur nicht an das Mädchen aus ihren Albträumen.

Sie dachte an ihr Kind und tastete nach ihrem Bauch: fünf Millimeter entsprachen einem Haferkorn, ein Zentimeter, einer kleinen Perle. Der Vergleich gefiel ihr. *Eine kleine Perle.* Vier Zentimeter ... ein Gummibärchen, fünfzehn Zentimeter, vier Monate und vollkommen. Man sah nichts und doch berührte sie erneut ihren Bauch. Und nein, sie berührte keineswegs ihren Bauch, sie berührte *es*.

*Ich muss Lucien davon erzählen*, dachte sie. Danach würden sie gemeinsam zum Arzt fahren und ein Ultraschallbild von dem Baby machen lassen.

In der Nacht dachte Lilly sich unzählige Möglichkeiten aus, wie sie es Lucien sagen konnte. Sollte sie Minou vielleicht um einen Rat bitten? Sie setzte sich an ihren Schreibtisch und schrieb.

*Liebste Minou,*

*ich mag die Augen nicht aufmachen. Nach und nach wird dieses Gefühl dösender Mattigkeit gewiss von mir weichen. Nach und nach werden die Personen, die Namen, an ihren richtigen Platz fallen. Ich will es nicht überstürzen, aber mein Geist arbeitet, auch wenn ich nicht will. Er dreht sich im Kreis und bombardiert mich mit Namen. Da ist einerseits Lucien – aber was tue ich dann neben dem nackten Körper von Monsieur Inconnu? Lucien…, während ich seine Hand auf meinem Körper fühle. Lucien … zwischen Kuss und Kuss, inmitten der Zärtlichkeiten, die er mir erst beigebracht hatte. Lucien…, und dann küsst Monsieur Inconnu mich unbeholfen. Er bringt es mir bei, oder bringen es mir doch beide bei? Ja, du hast richtig gelesen, Minou. In meinem Leben gibt es zwei Männer, die mich in die Geheimnisse der Liebe einweihen.*

*„Ich liebe dich, Lilly, weil Lucien dich liebt", sagt Monsieur Inconnu.*

*Lucien, der plötzlich verblasst, damit Monsieur Inconnu und ich uns lieben können oder damit wir dich, Lucien, durch uns kennenlernen, durch unsere Körper, die einander begehren. Noch bin ich sehr ungeschickt. Geduldig haben sie beide mich munter gemacht, um mich mit Zärtlichkeit, mit Ruhe, mit viel Ruhe, über die Wege der körperlichen Liebe zu lotsen. Sie küssen meine Brüste, küssen meine Brustwarzen. Sie sind meine Lehrmeister, und ich die Frau, die wartet, und lächelt.*

*‚Gehen wir doch', sage ich viel später zu ihnen, sie küssen mich zum letzten Mal und ich schaue sie an, fast ohne zu begreifen, was zwischen uns vorgefallen ist, ohne dass ich selbst im Stande wäre es zu wissen.*

*Und kurz nun habe ich erfahren, dass in mir sich etwas aufgebaut hat. Das ist nicht möglich! Denn wenn es stimmt, wird der Tropfen schließlich zu einem Wasserfall werden, mein Bauch wird wachsen wie ein Vulkan.*

*Ein Kind. Ich muss es mir viele Male wiederholen, ohne es zu begreifen. Frühling – Mai – ein Kind, so sanft! Ein Wesen bewohnt mich, jetzt nimmt es meine Organe in Beschlag, später meine Zeit. Ein Kind. An wessen Seite werde ich es beobachten? Wenn ich doch mein Geheimnis für immer bewahren könnte! Wenn ich nur in der Klausur meines Wissens von einer Frucht träumen könnte, die ihn mir heranreift, die für immer in der Dunkelheit bleibt, die mein Körper – dieser Komplize – versteckt! Aber nein, ein Kind ist etwas, das wächst, das sich löst wie die reife Weinbeere von der Traube. Lucien hat einmal von Trauben gesprochen, damals waren wir diese süßen Trauben; die Zeit vergeht, und später bin ich der Weinstock, der Reben treibt.*

*Mai. Ein Kind.*

*Ein Maikind.*

*

Lilly blickte auf und lächelte. Diesen Brief konnte sie unmöglich an Minou schicken. Was würde geschehen, wenn ihre Mutter diese Zeilen las? Sie würde vermutlich toben wie ein Berserker oder einen Herzinfarkt erleiden.

Sie öffnete die Schreibtischschublade und legte den Brief hinein.

# KAPITEL 30

Lucien redete nicht gerne über seine Wochenenden, als zöge er stillschweigend eine Linie: bis hierher du und von hier bis da die anderen. Lilly wusste nicht, was er samstagabends und sonntagmorgens machte. Er hatte ihr nie seine Telefonnummer geben wollen. Immer war er derjenige gewesen, der sie anrief, frühmorgens, wenn seine Frau noch schlief, oder um Mitternacht, immer dann, wenn er Lust hatte, ihre Stimme zu hören. Und sie war immer da gewesen. Anders als er. Wie oft hatte Lilly sich danach gesehnt, mit ihm zu reden! Das hatte sie ihm gestanden.

Einmal hatte sie versucht, seine Nummer herauszubekommen, doch die stand nicht im Telefonbuch. Sie hatte es dabei belassen. Wie auch immer, es wäre für Dritte äußerst schwierig, nahezu unmöglich, sie beide miteinander in Verbindung zu bringen. Dass er mit ihr zusammen gewesen war und zugleich nicht existiert hatte – wie hatte er das bloß zu Wege gebracht? Seine Frau hatte nicht einmal Verdacht geschöpft, wenigstens tat Jo, als würde sie nichts wissen. Vielleicht, weil Jo es für ein Spiel hielt? Gut möglich, dass es deswegen geglückt war. Lilly hatte einmal zu ihm gesagt, Frauen seien vollkommen unfähig, ein Geheimnis für sich zu behalten, vor allem wenn ein Mann im Spiel sei, und erst recht, wenn dieser Mann ein Liebhaber sei.

Er erwies sich als strenger Kritiker ihrer Gedichte und Essays. In Wahrheit bewunderte er sie wegen ihrer Fähigkeiten. In ihren ironischen, oft kritisch gehaltenen Essays hielt sie ihm mit der zentralen Frage nach Menschlichkeit einen Spiegel vor und ließ damit die Antwort offen. Ihre Handlung vollzog Lilly zwischen den Zeilen, nicht schwermütig, sondern leicht und spielerisch wie eine Feder. Sie ahnte nicht, wie neidisch er war, weil die Literatur sie erfüllte. Ihn erfüllte außer seinem Beruf nichts in seinem Leben.

Heute hatte Lilly ihn in Panik versetzt. Sie hatte es ihm am Abend, im Dunkeln, gestanden, als ihre Beine ineinander verschlungen waren, vor dem Einschlafen.

„Ich glaube, ich bin schwanger."

Er hatte geschwiegen, konnte nicht einschlafen, war aufgestanden und hatte sich angezogen.

Lillys trauriger Blick streifte ihn. „Du gehst? Du verlässt mich mitten in der Nacht?"

„Ich muss morgen früh aufstehen, Lilly."

„Vor wem oder was läufst du davon, Lucien?"

Stille. In fünf Sekunden konnte man sich alles vorstellen, alles, was man nur wollte. Obgleich die Stille auch einfach nur die Zeit sein konnte, die der Ton brauchte, um sich durch die Stimmbänder bemerkbar zu machen.

„Du hast doch gesehen, dass mein Handy nicht aufhört zu vibrieren", hatte er geantwortet, ihr einen flüchtigen Kuss auf die Stirn gedrückt und die Wohnung verlassen.

\*

Draußen, im Wagen, geschah etwas mit ihm. Er griff zu seinem Telefon und wählte die Nummer seines Freundes.

„Wo bist du gewesen?", rief er in den Hörer.

„Zuhause."

„Ich hab zehnmal angerufen, Tom." Er glaubte, seine Verzweiflung in seiner eigenen Stimme zu hören.

„Ich hatte die Klingel abgestellt."

„Ich versteh dich nicht."

„Was heißt, ich versteh dich nicht. Ich habe Ruhe gebraucht. Es ist zwei Uhr morgens! Was ist los, Lucien?"

„Gar nichts."

Tom gähnte ins Telefon. „Du rufst nicht wegen gar nichts an. Hat es etwas mit Lilly zu tun?"

„Ich möchte mich von ihr trennen."

„Du verarscht mich. Was hast du getan?", erkundigte sich Tom.

„Ich versteh nicht ..."

„Was hast du getan, Lucien?"

„Sie glaubt, schwanger zu sein. Reicht das?"

„Du machst Witze."

„Nein, ich mache keine Witze. Ich habe ihr gesagt, dass ich keine Kinder haben will. Sie sind so bescheuert, diese Frauen, die ein Kind wollen. So bescheuert. Kaum haben sie erfahren, dass sie schwanger sind, machen sie die Schleusentore auf: Liebe, Liebe, Liebe. Danach machen sie sie nie wieder zu."

„Sprichst du aus Erfahrung?"

„Nein, aber man hört es immer wieder. Grässlich. Lilly ist wie alle anderen Frauen. Sie glaubt, schwanger zu sein. Sie nimmt es an. Stellt es sich vor. Ist sich noch nicht ganz sicher, aber fast. Und erzählt es mir. Jedenfalls ist sie gegangen, es ist aus."

„Schade, dass du das tun musstest, Lucien."

„Ja, ich hab's vermasselt."

„Lässt sich das wieder einrenken?"

„Nein, ich hab's vermasselt, Tom."

„Und?"

„Dann mache ich eben weiter wie bisher."

„Und wie willst du das anstellen, mein Lieber?"

„Es wäre doch ohnehin den Bach runtergegangen. Es wird zur Abhängigkeit. Früher oder später hätten wir uns getrennt. Entweder wäre ich gegangen oder in ein paar Monaten sie. So ist es viel besser." Er seufzte. „Wenn ich ihr doch nie begegnet wäre!"

Tom seufzte. „Ich sag's dir nicht gern, aber in der Liebe gibt es immer nur zwei Varianten. Einer bleibt immer auf der Strecke. Wenn du das vermeiden willst, wirst du irgendwann als alter Mann in den Spiegel sehen und dir selbst zuprosten."

„Das interessiert mich nicht."

„Lucien, hörst du mir zu? Du bist bis über beide Ohren in diese Frau verliebt. Das ist dein Problem."

„Nein, ich will, dass endlich Schluss ist."

Am anderen Ende der Leitung hörte er ein tiefes Seufzen. „Ich habe dich gewarnt, Lucien."

„Lilly ist wie alle anderen Frauen. ‚Ich warte noch einige Tage‘, hat sie gesagt, ‚dann gehe ich zum Arzt.‘“

„Jetzt beruhige dich doch mal, Lucien. Vielleicht will sie dich nur quälen.“

„Wieso?“

„Du möchtest keine Kinder. Niemals hast du mal behauptet.“

„Stimmt. Auch nicht von Lilly, die mir Vergnügen bereitet hat.“

Er hörte Tom lauf auflachen. „Sprich mit ihr und klär die Angelegenheit, statt dich wie ein Arschloch aufzuführen“, sagte Tom und legte auf.

# KAPITEL 31

## LILLY

*Liebste Minou,*

*draußen verdrängt das Morgenlicht den nachtblauen Himmel und ich bin immer noch wach. Es ist der Moment, den alle Schlaflosen fürchten. Aber nicht ich, Minou. Ich liebe diesen Moment. Besonders dann, wenn die Fingerspitzen von Monsieur Inconnu mein Gesicht ertasten und er seine Mundwinkel dabei nach oben zieht. Das sind die Momente, in denen die Zeit stehenbleibt, weil zwei Menschen einander in die Augen sehen, ein Blick, der sich bis ins Unendliche verlängern lässt und der mir die Gewissheit gibt, dass er zu mir gehört.*

*Ich kann nicht schlafen, ziehe mich an und gehe hinaus. Regentropfen fallen auf die feucht glänzenden Bürgersteige. Ich ziehe meine Kapuze tief in mein Gesicht und trete auf die Straße, überquere sie. Das sanfte Licht einer Laterne begrüßt mich. Ich bin einsam, weil er gegangen ist. Neuerdings bleibt er nicht mehr die ganze Nacht bei mir.*

*Heute ist etwas Seltsames geschehen. Ich habe ständig das hektisch blinkende Lämpchen seines Autotelefons betrachtet. Er hat den Anruf ignoriert. Mit der Fingerspitze strich er über meinen Rücken, dann küsste er meine Augen, als wollte er sie verschließen.*

*„Der Sex mit dir hat mich die letzte Stunde vergessen lassen", hat er gesagt, sich gerekelt, danach das Bett verlassen. Ich habe mich umgedreht, wollte nicht sehen, wie er sich vor dem Spiegelschrank anzieht, um wenig später das Apartment zu verlassen.*

*Es geht mir nicht gut, Schwesterherz. Ich glaube, ich habe Monsieur Inconnu viele Monate nur als Lupe gedient, die die magische Fähigkeit besaß, ihn doppelt so groß zu zeigen, wie er in Wirklichkeit war.*

*Deine Warnung habe ich früh aus deinem Foto an der Wand herausgelesen, aber sie ignoriert. Heute weiß ich, dass das Glück eine Sammlung über der Zeit beschwingender Augenblicke ist, die sich uns erst zeigen, sobald sie uns fehlen. Plötzlich fürchte ich die Liebe und die Sehnsucht, wie das Mädchen in der Nacht. Weitab von dir, Minou, wurde ich zu einer anderen Art Mensch. Ich wünsche mir meinen Kokon zurück.*

*Deine Lilly*

*PS: Übrigens hat meine Galerie ein Bild von mir mit dem klangvollen Namen L' Amour perdu, verkauft. Der Käufer wollte aber anonym bleiben. Schade, dass ich mich nicht bei ihm bedanken kann. Vielleicht wird man das Bild ja eines Tages im Museum bewundern können. Bestimmt, aber werden ich oder wir das erleben?*

# KAPITEL 32

## LILLY & LUCIEN

Seit einer Woche ignorierte Lucien Lillys Anrufe. Er wollte sie nicht mehr sehen. Nie mehr ...

War das Kind überhaupt von ihm? Oder täuschte Lilly eine Schwangerschaft vor, um endlich die Schleusentore aufzumachen, weil sie schon zu bersten drohten. Sie benahm sich in letzter Zeit sehr seltsam – nicht mehr wie die Studentin, die er vor einigen Monaten im Café de Flore kennengelernt hatte. Auch ihr Aussehen hatte sich verändert. Unter ihren Augen lagen tiefe, dunkle Schatten und sie hatte stark an Gewicht verloren. Lag es womöglich doch an einer Schwangerschaft? Es kochte und brodelte in ihm und er bekam leichte Bauchschmerzen. Niemals wollte er sich anderweitig binden. Er war verheiratet, liebte die Freiheit, wollte keine Kinder und sich schon gar nicht der Liebe hingeben. Seine Frau tolerierte sein Verhalten, ein Grund mehr, sie nicht zu verlassen.

Er wollte sich zurückziehen, untertauchen und hatte manchmal das Gefühl, dass dies nicht mehr in seiner Macht lag. Wie sollte er weitermachen?

Seit er ein kleiner Junge war, hatte seine Mutter ihn krankhaft angehimmelt und es hatte ihm die Kehle zugeschnürt.

Er wollte Lilly nicht mehr sehen. Nur noch ein einziges Mal, um mit ihr zum Arzt zu gehen. Dieser Verantwortung musste er sich stellen. Danach würde es keine Lilly mehr in seinem Leben geben. Nie mehr.

Am nächsten Tag rief Lucien Lilly an und erklärte sich bereit, sie mit dem Wagen abzuholen und zum Arzt zu begleiten.

Als er das Apartment betrat, aß sie dicke Gewürzgurken und schlief im Stehen fast ein.

„Was ist los, Lilly. Hast du schlecht geschlafen?"

Als sie ihn ansah, lag eine Welt voller Traurigkeit in ihren Augen. Bei dem Anblick bekam er kein Wort mehr heraus und schwieg.

Um die Mittagszeit begleitete er sie zum Arzt. Lilly war aufgewühlter, als es nach außen hin den Anschein hatte. In der Praxis redete sie ununterbrochen auf ihn ein, bis sie beide in das Untersuchungszimmer gebeten wurden und sich setzten. Sie entdeckte das Ultraschallgerät neben der Liege, sagte aber kein Wort. Der Monitor war noch nicht eingeschaltet, aber Lilly konnte es nicht lassen, das Gerät anzusehen und dabei seine Hand zu halten.

Plötzlich hatte Lilly die Hände auf ihren Bauch gelegt. „Es heißt, dass es dem Baby guttut."

Lucien war irritiert. *Dem Baby ...*

*

Eine Viertelstunde später verließen sie die Praxis mit der Gewissheit, dass Lilly nicht schwanger war. Immer wieder gingen ihm die letzten Worte des Arztes durch den Kopf: „Sie haben den Test falsch gedeutet, Madame. Den Fehler machen Frauen ab und zu."

*Den Test falsch interpretiert ...*

Sie machten einen Spaziergang am Ende der Uferpromenade und er wusste, dass es ihr letzter sein würde. Die Seine schimmerte blauschwarz wie ein Omen.

„Bitte, Lucien, gib mir fünf Minuten", hatte sie ihn angefleht, „nur fünf Minuten, sag nicht, du hast keine fünf Minuten Zeit für mich."

„Es hat keinen Sinn, dass wir uns weiter sehen, Lilly, es ist vorbei. Es würde alles nur noch schlimmer für dich machen."

Er hatte mit Lilly gesprochen, als wäre ihre Liebe bedeutungslos gewesen, ein Schnupfen, und ihr Ende nur eine Frage der Zeit gewesen wie eine fiebrige Erkältung. „Nimm es nicht so schwer. Das Letzte, was ich will, ist, dir weh zu tun, Lilly, versuch bitte, das zu verstehen ... So etwas kommt eben vor."

Natürlich kam so etwas vor! Wie oft hatte er schon eine Amour fou beendet. *Verdammt.* Er hatte diese Abschiedsszenen immer gehasst, diese faden Worte.

„Es geht nicht mehr, Lilly! Ich kann nicht."

„Ich bin doch nicht jemand, mit dem du dich irgendwann mal auf einen Kaffee getroffen hast. Schau mich an, Lucien!"

Sie hatte ihn verunsichert und ängstlich angesehen. „Ich bitte dich! Tu mir das nicht an!"

„Es ist vorbei, Lilly. Glaub mir, es ist so, und es ist richtig. Du weißt, ich bin, wie ich bin, wenn ich mich einmal zu etwas entschlossen habe. Keiner weiß das so gut wie du, Lilly." Er rang nach Luft und fühlte sich wie ein keuchendes Tier. „Und genauso deutlich und stark, wie ich mich zu einer Liebe entschließen kann, genauso klar kann ich mich wieder dagegen entscheiden. Es ist so, Lilly. Es ist vorbei. Akzeptiere es endlich!"

Er setzte sie in der Rue Vernet ab. Lilly hatte versucht, ihn anzulächeln, was sonst? Und dann war sie gegangen, ohne ein einziges Wort.

*Lilly* ...

*

Es schmerzte. Vielleicht sollte er ihr schreiben. Er würde die Worte sorgfältig auswählen, immer wieder neu beginnen, bis alles vollkommen schien, den Brief der Post anvertrauen und mit viel Spannung auf eine Antwort warten. Aber wozu?

Lilly könnte das Eintreffen seiner Zeilen falsch verstehen. Er kannte sie. Ihr Herz würde wild pochen, ihre Finger zittern, wenn sie in einem stillen Winkel seine Worte las, dort, wo niemand sie beobachten oder keine lieblose Stimme sie unterbrechen konnte, wenn sie sich seinen Abschiedsworten hingab.

Sie hatte ihm ihre Liebe offenbart, ihre Augen hatten dabei geleuchtet, ihre Lippen Worte geformt, ihr Herz war erfüllt von ihm gewesen, und selbst ihre Feder hatte es ihm mitgeteilt.

Aber heute hatte diese Liebe ihrem Ende entgegengesehen.

In Gedanken schrieb Lucien eine einzige Zeile: *Ich spende keinen Trost.*

Aber war das nicht eines der Lieblingssätze von Lilly?

Sie schmerzten. Verdammt! Aber er konnte nicht anders.

Ein Gefühl, das er bislang nicht gekannt hatte, ließ seine Augen feucht werden. Er weinte und dieses Mal aus Liebe.

# KAPITEL 33

## LILLY

Angekommen in ihrer Wohnung blieb Lilly zuerst ganz still. Dann entwich ihrer Kehle der Ausdruck der Verzweiflung, ein Schrei, der durch die Luft davongetragen wurde.

„Minou, wo bist du? Bitte, hilf mir!"

Sie ging zur Terrasse, ließ den Blick über die Dächer schweifen bis zum Friedhof Montparnasse und fügte in Gedanken eine neue Grabstelle hinzu, indem sie in einer fest verschlossenen Urne ihre Gefühle für Lucien zu Grabe trug. Lilly zerbrach vor Trauer – einer Trauer, die stärker war als alles, was sie zuvor erlebt hatte.

*Ein nächtliches Flüstern.*

*„Lilly ... was machst du denn da unten?"*

*Das kleine Gesicht, blass wie der Mond, mit dunklen Schatten unter den Augen, die sie neugierig musterten, beugte sich zu ihr hinab.*

*„Was machst du denn mitten in der Nacht auf dem kalten Fußboden? Lilly?", fragte das Mädchen und zeigte auf die Tür. „Komm ..."*

*Etwas in den Augen des Kindes erregte ihre Aufmerksamkeit. Lilly setzte sich langsam in Bewegung und lief ihm entgegen. Ein kalter Luftzug wirbelte Staubkörner auf. Dann sah Lilly zur offenstehenden Tür und hielt entsetzt im Laufen inne. Hinter der Tür war ein Lumpenbündel zu sehen. Etwas an diesen Lumpen, dachte Lilly, rief eine tief sitzende oder alte Erinnerung wach, und im selben Augenblick erkannte sie, dass das keine Lumpen waren, sondern Kleider, die lose eine kleine Gestalt umhüllten.*

*Lilly wich zurück und rieb ihre Augen, als könnte sie damit das Bild löschen, aber es blieb: ein kleiner, gekrümmter Hals und Lippen, die über den Zähnen hochgezogen waren.*

*„Siehst du das, Lilly?", flüsterte das Mädchen und zeigte auf das Bündel.*

*Hinter ihm stand jetzt ein weißgekleideter Mann mit grauem Haar und bernsteinfarbenen Augen, deren Lider so zart waren, dass die Iris hindurchschimmerte.*

*Er legte den Arm schützend um die Schulter des Mädchens. Lilly glaubte, dennoch eine gewisse Grausamkeit in dieser Handlung zu erkennen, die den Mond zitternd schillern ließ – eine blasse Scheibe am Horizont.*

*Lilly nickte.*

*„Warst du es, der das Baby dort hingelegt und ihm die Augen geschlossen hast, Lilly?", fragte der Mann.*

*Lilly sah noch einmal hin. Doch das Baby war nur eine Puppe, dessen Batterie sich geleert hatte und dessen Gekreische nun wie ein Echo ausklang.*

Lilly wachte schweißgebadet auf. Zwischen ihren Beinen spürte sie Nässe. Ihr Herz raste und sie rang nach Luft, weil sie glaubte, dass die Hand des Mädchens die ihre streichelte. Ein Zittern schüttelte ihren Körper und ihre Blase entleerte sich aufs Neue.

Sie war nicht fähig, sich zu bewegen, starrte in die Dunkelheit und fürchtete sich vor dem Augenblick, dass die Trübung des Traums nicht nachlassen, sondern sie in einem dunklen, feuchten Raum aufwachen lassen würde.

Warum kam ihr dieses Zimmer so vertraut vor? Woher wusste sie plötzlich, dass das Bündel nicht an der Tür gekratzt, nicht geweint und nicht um Erbarmen geschrien hatte? Und dass seine Schreie nicht ungehört verhallt waren, sondern dass eine leere Batterie dafür verantwortlich gewesen war? Das Bündel in dem Raum hatte doch nicht das Grauen vor dem unausweichlichen Tod erlebt. Also, was sollte das Ganze?

Sie kämpfte eine Weile mit sich, bis sie schließlich das nasse Laken zur Seite warf und die Beine aus dem Bett schwang. Sie taumelte ins Badezimmer, zog sich eilig aus und warf die nasse Unterwäsche und das feuchte Nachthemd in die Ecke. Dann drehte sie den Hahn auf und stellte sich unter die Dusche.

Das Wasser prasselte auf ihren Körper, aber der Sprudel konnte das atemlose Flüstern des seltsamen Mädchens, das sie in ihren Träumen immer wieder heimsuchte, nicht wegspülen.

Lilly seufzte. Heute war das Mädchen zum zweiten Mal in Begleitung eines Mannes, der wie ein Arzt gekleidet war, im Traum aufgetaucht.

Inzwischen war das Badezimmer von heißem Dunst erfüllt. Es fühlte sich herrlich an, bis Lilly das Blut sah, das an ihren Beinen hinuntersickerte. Ihre Periode hatte nach zwei Monaten wieder eingesetzt.

Lilly weinte.

# KAPITEL 34

*Liebste Minou,*

*in den nächsten Tagen werde ich mir entweder eine Kugel in den Kopf jagen oder mir etwas antun, was mich noch mehr zerstört als der Tod. Auf jeden Fall werde ich jemand ganz anderes sein. Ich weigere mich, mich um meine Sterbebett-Szene bringen zu lassen.*

*Ich verstehe nicht, warum Monsieur Inconnu mich vor drei Monaten gewollt hat und mich jetzt nicht mehr will. Ich wünschte, ich wüsste, wieso das so ist. Es ist etwas, was ich nicht verstehen kann, etwas, was ich verabscheue. Und das Schlimmste daran ist, dass ich wütend werde, wenn ich ihn verabscheue, weil er zwischen mir und dem Frieden steht.*

*„Du hast mir nichts zu geben, Lilly", hat er gesagt. Das stimmt nicht, Minou. Tante Beatrice und Fee haben mir etwas anderes gesagt.*

*„Du bist so ein wundervoller Mensch, du bist stark, du wirst es überstehen, du wirst aufblühen, auch wenn du uns das jetzt nicht glaubst." Dann standen die beiden auf, nahmen mich in die Arme und drückten mich so fest an sich, dass ich keine Luft mehr bekam, wie früher als ich klein war und du mich getröstet hast.*

*Monsieur Inconnu hat nur eine Leidenschaft für Ekstase und Trost. Er will keine weitere Aufregung mehr, und ich spende ihm keinen Trost. Er will sich entlieben – auf meine Kosten – und deshalb sagt er diese grausamen Dinge zu mir.*

*Mir war nie bewusst, dass er mich eines Tages tödlich verletzen würde, doch Fee wusste es und sie hoffte, dass ich diejenige seine würde, die ihn zum Teufel schert und Zeit und Ort bestimmen* konnte. *Ohne es zu merken, war er ihr gegenüber immer feind-selig gewesen, und ich habe versucht, ihn zu beschwichtigen: Fee hingegen hat meine Liebe zu ihm ignoriert und weggestoßen und sie zurechtgestutzt auf das Eine, wovon sie glaubte, dass das alles war, was er wollte: Sex.*

*Ich weiß nicht mehr ein und aus, wenn ich auf Monsieur Incon-nus Feindseligkeit treffe – weil ich ihn liebe und nichts anderes tun kann. Ich war für ihn die falsche Frau, um sich damit abzu-geben, hat er gesagt. Er kann sich nicht vorstellen, dass eine De-mütigung eine Person veranlassen könnte, sich das Leben zu nehmen.*

*Ich kann mir allerdings auch keine Person vorstellen, die um ei-nen brennenden Scheiterhaufen herumrennt, obwohl sie eine Abneigung gegen Flammen hegt. Das erscheint mir dumm. Aber Monsieur Inconnu benimmt sich töricht.*

*Er hat mich buchstäblich zerstört. Ich bin bis auf die Grundmau-ern abgebrannt. Vielleicht kann ich mich wieder aufbauen, viel-leicht nicht. Er sagt, Besessenheit sei heilbar. Sex werde häufiger mit Liebe verwechselt.*

*Wie gerne würde ich mich von einer Leidenschaft zur nächsten schwingen, um diesem Mistkerl eins auszuwischen! Aber was ge-schieht, wenn ich wieder danebengreife? Zerschmettern mich dann meine Träume? Wo es keine Leidenschaft und Liebe gibt, ist doch nur ein leeres Herz.*

*Ich habe das Äußerste für ihn getan. Er weiß das. Deshalb ver-sucht er, sich selbst davon zu überzeugen, dass ich eine ungeho-belte, gestrauchelte Studentin ohne Rückgrat bin und es deshalb keine Rolle spiele. Er projiziert seine Charakterschwächen auf mich. Wenn er sagte, ich rede Blödsinn oder mach dies oder das doch mit einer gewissen Portion Vergnügen, dann hat er ge-glaubt, mich wirklich dabei ertappt zu haben. Ich weiß, dass es ihm Genugtuung bereiten wird, mich als eine unausgeglichene junge Frau zu sehen, die mit einem erhöhten Pulsschlag in seiner Wohnung umherflattert.*

*Das weckt bei mir den Eindruck, dass ich eine Zeit mit einem anderen Mann verbracht habe. Wohingegen ich ihm nur gesagt habe, dass ich ihn liebe.*

*Seine Liebesunfähigkeit gibt ihm das Gefühl, eine Frau, die verzweifelt und hoffnungslos in einen Mann verliebt ist, sei unanständig. Soweit mir bekannt ist, habe ich nichts getan, was solche Gedanken rechtfertigt.*

*Nach drei Monaten bin ich nicht mehr die Seine. Ich ertrage diese zärtliche Herablassung nicht mehr. Und verdammt, ich spende keinen Trost. Entlieben kann er sich woanders! Es hilft mir mehr, eine verlorene Liebe in Worte zu fassen:*

*In meinen Träumen, dem Tag entflohen,*

*sehe ich ihn, sehe unsere Kinder, die wir nicht haben.*

*Spüre mein Verlangen.*

*Sehne mich nach Liebe und Zärtlichkeit.*

*Ich höre Musik, fühle Geborgenheit. Nähe.*

*Meine Seele, die er berührt hat.*

*Da ist tiefe Finsternis.*

*Und ich weiß, wie einsam ich bin,*

*ohne ihn.*

Lilly legte den Bleistift beiseite. Dann wählte sie Beatrices Telefonnummer.

„Ich würde gern mal mit dir sprechen, Beatrice. Hast du Zeit? Kann ich mal zu dir kommen?" Lilly spürte erneut, wie der Liebeskummer ihr den Atem nahm.

„Ziehe dir schnell was über, mein Kind! Ich koche uns in der Zwischenzeit einen Tee."

# KAPITEL 35

Lilly saß wie ein Häufchen Elend auf dem Parkettboden in einer Ecke des Wohnzimmers, zog die Knie hoch und umklammerte ihre Beine. Ihr Blick war auf die gegenüberstehende Bücherwand gerichtet, doch aus den Augenwinkeln beobachtete sie ihre Tante, die auf dem Sofa saß.

Beatrice ließ einfach nicht locker. „Du bist ein großzügiger, wunderbarer Mensch, Lilly, eine nachdenkliche, sensible Seele. Es schmerzt mich, dich so zu sehen. Als Fee gestern zu mir kam und mir voller Sorge von deinem Zustand berichtet hat, wusste ich, dass meine Befürchtungen wahr geworden sind. Ich habe gespürt, dass etwas nicht stimmt. Ich hab alles kommen sehen, mein Kind."

„Was hast du kommen sehen, Beatrice?"

Beatrice atmete heftig ein aus und musterte sie mit ihren, für ihr Alter immer noch wachen Augen. „Was ist los mit dir, Lilly? Warum verbarrikadierst du dich in deiner Wohnung, isst nichts und weinst dir die Seele aus dem Leib?" Ihre Stimme klang müde.

Lilly stöhnte. „Es war ein Fehler, mich in diesen Mann zu verlieben. Er ist fort, hat mich verlassen und dennoch denke ich Tag und Nacht an ihn. Ich lege mich hin - erschöpft von den Tränen - und dann übermannt mich plötzlich ein mulmiges Gefühl. Ich versuche mir einen kleinen Halt zu bewahren, aber es gelingt mir nicht. Das Mädchen aus meinen Träumen nimmt mir den Halt, indem sie mir neuerdings selbst tagsüber zuwinkt. Ich verzweifele. Was ist denn noch real und was spielt sich nur vor meinem inneren Auge ab?"

Beatrice warf ihr einen bangen Blick zu. „Ein Mädchen? Seit wann hast du diese Träume, ma petite?" Sanft strich sie über Lillys Haar.

„Seit er unsere Liebe beendet und mich verlassen hat. Seitdem träume ich von diesem Kind, rieche die Weinberge und das Laub, den Lavendel. Es steigt aus den Fotografien der Weinberge und reicht mir dunkelblaue Trauben ... Nein, es begann schon früher. Ich glaube, es begann unmittelbar nach meiner Ankunft in Paris. Und dann ist da noch dieser seltsame Mann..."

„Wer hat dich verlassen, Lilly?"

„Monsieur Inconnu."

Beatrice zuckte zusammen. Sie ließ den Blick über den lichtdurchfluteten Salon streifen. „Ich glaube, die Zeit ist reif, dir eine Geschichte zu erzählen, Lilly, deine Geschichte."

Draußen dehnte sich der Himmel milchig weiß. Es dämmerte. Licht sickerte durch die Wolken und hinterließ sanfte apricotfarbene Streifen. Lilly erhob sich. Das Parkett knarzte, als sie auf ihre Tante zuging.

„Das Ende einer Liebe kann man durchaus als ein Trauma werten. Ein Trauma kann Albträume auslösen. Du träumst in der Nacht von einem Kind, das dich ängstigt, von einem Mann, den du zu kennen glaubst, aber du bist nicht fähig, den Traum zu deuten."

Beatrice hatte leise gesprochen und dabei auf den Boden gesehen. Nach einer kleinen Pause blickte sie auf und fuhr fort:

„Und all das hatte seinen Anfang dort." Sie zeigte auf eine der Fotografien an der Wand. „Du hattest ein besonders traumatisches Erlebnis in der Kindheit, an das du die Erinnerung verdrängt hast. Das hat Folgen, manchmal auf die Gesundheit, manchmal bis ins Erwachsenenalter. Ich möchte nicht, dass es dich jetzt zerstört. Du sollst wieder meine alte Lilly sein, die Lilly, die vor einigen Monaten zu mir kam, die lebenslustige, unkomplizierte Lilly!" Mit einem weißen Spitzentaschentuch tupfte Beatrice sich die Augen. „Deine Eltern waren immer davon überzeugt, dass dein Kindheitstrauma ein Familiengeheimnis bleiben soll, aber ich bin da anderer Meinung."

„Was sagst du da, Beatrice? Was für ein Trauma, was für ein Geheimnis?" Sie ging in die Knie und nahm Beatrices Hand, die sich kühl und glatt anfühlte und sah sie an.

„Mit den Jahren, die vergehen, kommen einem viele Menschen und Erlebnisse am Ende seltsam vor, Lilly", begann Beatrice leise, „so, als würde man sie mit den Augen einer Person betrachten, die bei den Geschehnissen niemals anwesend war. Mittlerweile bin ich davon überzeugt, dass du ein Recht hast, zu erfahren, was vor siebzehn Jahren passiert ist. Ich habe eine Erklärung für deine Träume, Lilly, denn ich kenne die Menschen, die darin eine Rolle spielen." Sie atmete tief ein und klopfte mit ihrer Hand auf das Sofa.

„Komm, setz dich bitte zu mir, mein Kind!"

Lilly gehorchte sofort, als befürchtete sie, dass in nur wenigen Minuten ihr Leben endgültig in sich zusammenstürzen könnte. Aber es brauchte nur zehn Sekunden. Zehn Sekunden, um ihr Herz auseinanderzubrechen und sie in einen Abgrund zu stürzen.

# KAPITEL 36

Sanft betastete Beatrice die Blüte in Lillys Haar. „Für mich war der Frühling nie eine traurige Jahreszeit", fuhr Beatrice fort. „Die länger werdenden Tage waren für mich mit Freude auf eine Jahreszeit verbunden, die ich besonders mochte. Vor vielen Jahren kaufte Émile eine kleine Weinhandlung in der Nähe von Mirabelle-aux-Barronies. Es war eine jener Ortschaften, in denen es, damit Angebot und Nachfrage gut austariert blieben, vor allem nur eines geben konnte: einen Weinhändler mit einem originellen Namen. Die Ladenbesitzer machten sich aus Bequemlichkeit nicht diese Mühe. Ihnen genügte für ihr Geschäft die Bezeichnung *der Friseur, der Bäcker, der Metzger, der Buchhändler*. Nicht so mein Ehemann Émile. In Zeiten, in denen die Grenze zwischen Wein und Fruchtbowle zu verschwimmen begann, verfolgte Émile andere Ziele. Er nannte seine Weinhandlung *Les deux perles* – die zwei Perlen, ein Name, der für die hellen und dunklen Weintrauben stand und für die Qualität der Reben vom Weingut *La perle du soleil*. Émile war einer der konsequentesten Winzer der Region. Seine Weine besaßen den Charakter der natürlich ausgebauten, nicht aufgezuckerten und ungeschwefelten Weine, und den echten Traubenduft. Das machte schnell die Runde. Eines Tages betrat deine Mutter die Weinhandlung und sie verliebten sich augenblicklich ineinander. Sie unterhielten über viele Jahre eine Liebesbeziehung."

Lilly fiel auf, dass es Beatrice Überwindung kostete, ihre Erinnerungen an jene Zeit wieder aufleben zu lassen.

„Im Frühjahr 1964 erhielt mein Ehemann Émile die Diagnose Lungenkrebs im Endstadium. Die Ärzte gaben ihm nur noch wenige Wochen. Um unsere Ehe stand es damals nicht zum Besten. Wir hatten uns getrennt, weil Émile deine Mutter

159

liebte. Aber sie war nun mal mit Benedikt verheiratet und wollte ihn und die Kinder nicht verlassen."

Lilly wusste nicht, was sie erwidern sollte. Sie spürte, wie erleichtert ihre Tante über ihre Zurückhaltung war. Sie saß einfach nur da und lauschte Beatrices Ausführungen. War dies das Geheimnis, das sie ihr offenbaren wollte? Nein, da musste mehr sein. Lilly ahnte, dass ihre Tante auf eine Ermunterung ihrerseits wartete, um fortführen zu können.

„Bitte, Beatrice, erzähl weiter!"

Dann sprach Beatrice sanft, leise, voller Mitgefühl, aber auch mit einem Hauch von Trauer. „Benedikt ist nicht dein Vater, sondern Émile. Er ist dein leiblicher Vater."

Lilly hob ungläubig die Augenbrauen. „Das ist doch wohl ein schlechter Scherz. Du machst Witze!"

Beatrice betrachtete sie still.

„Oh mein Gott! Sag, dass das nicht wahr ist!"

„Nach dem Ausbruch seiner Erkrankung legte Émile die Bewirtung von *La perle du soleil* damals in die Hände seines Verwalters", fuhr sie fort. „Wir hatten uns nach unserer Scheidung auch räumlich getrennt. Ich ging nach Paris und Émile blieb in Mirabelle-aux-Barronies. Ich glaube, dass er in der Nähe deiner Mutter sein wollte, und in deiner. Émile und ich sind seinerzeit als Freunde auseinandergegangen und ich habe ihn hin und wieder besucht und ihm in der Weinhandlung geholfen. Allerdings hatte ich damals oft den Eindruck, dass ihn irgendetwas bedrückte. Er wusste immerhin von deiner Existenz, aber deine Mutter hielt dich von Émile fern. Sie hatte sich für die Familie und für deinen Vater entschieden. Damit musste sie die Brücken zu Émile abbrechen, was deinem Vater das Herz gebrochen hat, aber ich vermute auch ihr."

„Das ist alles so absurd", rief Lilly empört. „So absurd. Benedikt ist mein Vater. Ich habe niemals einen anderen Vater als ihn gehabt."

„Émile hat immer geglaubt, er würde in dem Dorf zurechtkommen, in einem Ort, in dem jedes Jahr Gemeindefeste organisiert wurden, die deine Mutter mit ihrer Familie besuchte. Dich hat sie nie dorthin mitgenommen. Émile ging immer hin, beobachtete deine Mutter und hielt nach dir Ausschau. Aber er hat deine Mutter niemals in Beisein von Benedikt angesprochen. Da war er sehr diskret."

Lilly konnte oder wollte den Worten, die jetzt förmlich aus dem Mund ihrer Tante sprudelten, keinen Glauben schenken. Das konnte nur ein verdammter Albtraum sein, aus dem sie bald erwachen würde. Sie blickte Beatrice misstrauisch an.

„Meine Eltern haben nie eine Andeutung in diese Richtung gemacht. Sie hätten doch ansonsten gewiss ein Wort darüber verloren."

Mit einmal erinnerte Lilly sich an die heftige Ohrfeige in der Küche und an die letzten Worte ihrer Mutter vor ihrer Abreise nach Paris. *„Du denkst genau wie dein Vater. Ihr seid euch sehr ähnlich."* Und Benedikts Antwort *„Was redest du denn da, Magda? Halt den Mund!"*

*O mein Gott. Es ist wahr,* dachte Lilly. Es war nicht irgendeine ihrer Geschichten, die Beatrice beim Sonntagsfrühstück zum Besten gab. Sie fühlte sich wie ein verletztes Tier, das sich danach sehnte, sich tief in den Wald zurückzuziehen, um dort zu sterben. Das Einzige, was sie sofort verstand, war die Tatsache, dass ihr Leben auf einer grausamen Inszenierung aufgebaut war.

„Nachdem Émile seine Diagnose erhalten hatte", fuhr Beatrice fort, „verkaufte er die Weinhandlung und kehrte auf sein Weingut zurück. Eines Tages rief er deine Mutter an und erzählte ihr von seiner Erkrankung. Er flehte sie an, dich für eine Weile zu ihm zu bringen. Er wollte dich vor seinem Tod noch einmal sehen, dich ein wenig kennenlernen."

Lilly hätte sich am liebsten die Ohren zugehalten. Immer noch hoffte sie, dass ihre Tante nicht weitersprechen würde. Doch Beatrice hörte nicht auf. „Das Ganze war eine fatale Entscheidung, denn als deine Mutter Émile wieder traf, muss sie wohl gespürt haben, dass sie ihn immer noch liebte. Sie flatterte ihm buchstäblich schmetterlingsgleich entgegen. Ihre Liebe war eine, die genauso langsam und absichtslos ihren Weg durch die Weinberge suchte, wie Schmetterlinge auf der Flucht sich bewegten. Sie schliefen wieder miteinander. Danach ist sie sofort abgereist – in stiller Verzweiflung und ohne dich, denn sie hatte sich trotz ihrer Gefühle für Émile wieder für ihre Familie entschieden. Émile blieben nur noch wenige Wochen. Das wusste deine Mutter. Deshalb hat sie dich nicht mitgenommen, sondern dich für die verbleibende Zeit Émile überlassen. Es muss ihr sehr schwergefallen sein."

Der Schmerz schnürte Lilly die Kehle zu. Hilflos blickte sie um sich. Tränen liefen ihr über die Wangen. „Benedikt ist wirklich nicht mein Vater?"

„Nein, Lilly", flüsterte Beatrice mit erstickter Stimme. „Deine Mutter hat Émile zum Abschied einen Brief geschrieben. Ich habe ihn in Émiles Nachlass gefunden und ihn für dich aufgehoben. Ich denke, es ist an der Zeit, dass du ihn bekommst."

Beatrice stand auf, ging zu ihrem winzigen Schreibtisch und nahm einen Brief aus der obersten Schublade. Sie reichte ihn Lilly.

„Nein. Bitte, Tante Beatrice. Lies du ihn für mich.

Beatrice setzte sich wieder, faltete das Blatt Papier auseinander und las.

*„Mein Liebster, solange ich weiß, dass du bei Lilly bist, stehe ich die grauenvollen Nächte ohne unsere Tochter aus. Ich kann nicht schlafen, mit Mühe und Not kann ich ein paar Stunden schlummern. Am Morgen erwache ich wie im Fieber und ich kann nicht arbeiten. Und ich will dem deinetwegen auch kein Ende bereiten. Lilly bleibt bis zu deinem letzten Atemzug bei dir, mein Liebster. Das verspreche ich dir. Du hast das Recht darauf, du bist ihr Vater und sie ist das Kind einer großen Liebe. Leb wohl, mein Geliebter, mein Émile! Du hast mich vor dem inneren Erfrieren gerettet. Ich liege in einem fremden Bett, in meinem, aber sobald ich meine Augen schließe, kommt mir das Bett nicht mehr fremd vor, weil ich dich sehe, deine Stimme höre, und alles wird hell, weil du mich umarmst, mich küsst oder mir aus der Ferne durch ein Fenster der Liebe einfach nur zuwinkst. Dann rieche ich den Duft der Trauben und habe ihren Geschmack auf meiner Zunge. So war es von der ersten Sekunde an und so wird es immer sein – immer. Auch in meinem fremden Bett.“*

Lilly hatte Tränen in den Augen, als Beatrice ihr den Brief reichte. „Behalte ihn! Er gehört dir. Ich weiß ohnehin nicht, ob es richtig war, es dir zu sagen. Aber wenn die Träume der Vergangenheit dich quälen, dann musst du die Wahrheit kennen.“

„Hat Papa davon gewusst? Wusste er, dass ich nicht seine Tochter bin, Beatrice?“

„Ja, aber deine Mutter hatte sich für Benedikt entschieden und er liebte sie und dich. Du warst für ihn immer wie ein leibliches Kind. Aber es war ein Fehler, es dir vorzuenthalten. Du hast ein Recht auf die Wahrheit und alles zu erfahren. Alles, was dir widerfahren ist.“

# KAPITEL 37

„Mir widerfahren ist? Was meinst du, Beatrice?", erkundigte sich Lilly. „Gibt es noch mehr Geheimnisse, von denen ich nichts weiß?"

„Ich wollte Émile während seiner Krankheit auch nicht allein lassen und fuhr in die Provence. Dort haben wir beide uns dann um dich gekümmert. Anfangs hattest du Schwierigkeiten, dich einzuleben. Wir haben dich in dem Glauben gelassen, dass du auf dem Weingut Urlaub machst und dass deine Eltern dich bald wieder abholen würden."

Lilly kaute an ihren Nägeln. Ihre Augen wanderten hin und her, als suchte sie in den Tiefen ihrer Gehirnwindungen eine Erinnerung.

Plötzlich nahm sie den Duft von Weintrauben wahr. Warum hörte Beatrice nicht auf, sie so zu quälen, wo sie doch schon wehrlos am Boden lag?

„Anfangs bist du immer davongelaufen. Du wolltest nach Hause." Beatrice lächelte. „Wir haben dich so oft in der Nacht mithilfe von Taschenlampen gesucht. Du hast dich immer zwischen den Weinstöcken versteckt. Nach etwa vierzehn Tagen fing es an, dir bei uns zu gefallen, und schließlich hast du dich bei uns pudelwohl gefühlt. Du hast Émile oft zu den Weinbergen begleitet, hast vorn auf dem Traktor gesessen und mit deiner Hand immer auf die Berge gezeigt. Aber eines Tages gab es einen Vorfall." Beatrice tupfte sich die Stirn mit einem Taschentuch. „Im Haupthaus gab es in der Wand zwischen der Küche und dem Wohnzimmer einen schmalen Hohlraum, der während des Zweiten Weltkriegs entstanden ist. Émile hat dort Widerstandskämpfer und Menschen vor der Gestapo versteckt. Wir wussten nicht, wann du den Raum entdeckt hast, aber irgendwann hast du angefangen, dich auch dort zu verstecken. Es war ein finsteres Loch, aber du hast dich in dem Hohlraum oft aufgehalten, denn wir fanden später jede Menge Spielsachen von dir. Trotz der Dunkelheit hast du dich in deinem Versteck gut zurechtgefunden. So wusstest du auch, wie du dich dort geräuschlos bewegen konntest. Du hattest schon immer ein messerscharfes Gedächtnis für Details.

Aber eines Tages die Tür und du warst über viele Stunden eingesperrt, während wir dich in den Weinbergen suchten. Erst als wir nach Hause kamen, hörten wir dich. Du hast dir die Seele aus dem Leib geschrien, als wir dich fanden, und auch danach hattest du noch nächtelang Albträume. Du bist nie wieder in den Zwischenraum gegangen. Erinnerst du dich denn überhaupt nicht daran, Lilly?"

Sie schüttelte den Kopf. „Nein", antwortete sie traurig.

„Vielleicht hilft dir das auf die Sprünge: Irgendwann haben wir dich auch zu unserem Lavendelfeld mitgenommen. Da war es um dich geschehen. Jeden Tag standen fortan kleine Rosensträußchen mit Lavendelzweigen auf dem Esstisch."

Lilly blickte zu den Blumen auf Beatrices Couchtisch. „Stimmt. Ich liebe Rosen und Lavendel. Ich mag es, wenn ihre Düfte sich vermischen."

„Als es mit Émile zu Ende ging, bist du nicht von seiner Seite gewichen. Du warst so furchtbar traurig, als er starb." Beatrice hielt einen Moment inne. „Dein Vater hat dich sehr geliebt, Lilly. Du warst sein *Ein und Alles*."

Lilly zitterte jetzt am ganzen Körper und sah Beatrice traurig an.

„Oh mein Gott. Sag, dass das alles nicht wahr ist, Beatrice."

Überwältigt von Kummer zog Beatrice sie in ihre Arme und tröstete sie.

„Begreifst du es jetzt, Lilly? Wir hätten es dir längst sagen sollen. Du hast ein halbes Jahr mit Émile und mir auf dem Weingut verbracht, nicht nur wenige Wochen. Deine Träume sind keine Hirngespinste, sondern das Produkt einer gelebten Vergangenheit. Du musst dich nicht ängstigen. Sie spiegeln nur das wider, was du als fünfjähriges Mädchen erlebt hast. Du warst damals ein sehr fröhliches Kind und sehr, sehr glücklich."

Es gab die trügerischen Momente im Leben, von denen Lilly glaubte, sie für immer besiegt zu haben. Plötzlich wusste sie, dass sie schon früher von dem seltsamen Mädchen geträumt hatte, das sich zwischen den Weinreben versteckte. Sie hatte geglaubt, es eliminiert zu haben. Doch hier in Paris hatte es sich ihr wieder in der Nacht gezeigt. Es gab eine Erklärung für ihre Träume, wenigstens was das Mädchen und den Mann, der ihr Vater war, betraf.

„Du trägst mich ins Haus und setzt mich auf den Küchenstuhl. Dann bereitest du das Mittagessen zu. Émile betritt die Küche, schiebt auf der Arbeitsplatte das Küchenzubehör beiseite und legt duftende Rosen und Lavendelzweige auf das Brett. Ich klatsche laut in die Hände und du lächelst."

Beatrice schmunzelte.

„Aber warum habe ich keine Erinnerung an die Zeit mit Émile, Beatrice? Warum habe ich diese Erinnerung verloren?"

Beatrice schloss die Augen.

Schmerzhaft wurde Lilly bewusst, dass nicht alles gesagt worden war. Obwohl sie nicht allein war, fühlte sie sich allein und einsam. Beatrice verschwieg ihr etwas.

„Beatrice?"

Ertappt blickte ihre Tante auf. In ihren Augen schimmerten Tränen. Wieder verging ein Augenblick des Schweigens.

„Bitte, Beatrice. Warum erinnere ich mich nicht?"

„Weil sie in *Euphoria* die Erinnerung an die Provence aus deinem Gedächtnis gelöscht haben", antwortete Beatrice mit zitternder Stimme.

Lilly fröstelte. „Euphoria?" Sie fühlte sich plötzlich fiebrig, so, als steckte ihr eine Grippe in den Knochen. Aber es war keine Grippe. Es waren Beatrices Worte, die ihr zu schaffen machten.

„Euphoria ist eine psychiatrische Anstalt, wo du dich viele Monate aufgehalten hast."

*Euphoria …* Lilly schauderte. Die rosafarbenen Pillen gegen die Verstimmungen, die sie seit Jahren eingenommen und in Paris abgesetzt hatte. Träumte sie nicht seitdem diese Träume? Nein, die Dämonen hatten in Paris längst irgendwo im Dunkeln auf der Lauer gelegen, um in einem Augenblick – wie diesem – zuzuschlagen: etwa, wenn man einen Fuß in die Vergangenheit setzte oder wenn eine Liebe verlorenging.

In dieser Nacht kamen die ersten, realen Erinnerungen, von denen sie Beatrice am nächsten Tag tränenüberströmt berichtete.

# KAPITEL 38

Am nächsten Tag war es weniger kalt und der Regen sehr fein und federleicht. Lilly tat sich schwer mit dem Aufstehen. Nach dem Frühstück suchte sie Beatrice wieder auf und bat ihre Tante fortzufahren. Sie wollte wissen, was ihre Eltern ihr jahrelang verschwiegen hatten. Seit gestern hatte sie das Gefühl, nicht länger aus *einem* Körper zu bestehen. Sie war ein Kind, ein Mädchen, eine Erwachsene und alle rannten in eine andere Richtung. Vielleicht würden am Ende doch einige brauchbare Momente Erträglichkeit übrigbleiben.

Das unentwegt auf die Terrasse tropfende Regenwasser klang fast wie Musik und die Heftigkeit des abgezogenen Sturms zitterte schimmernd in der Luft nach. Nebel kroch über den Boden, rauchige Finger, die sich um die Bäume wanden und ringelten und sie in romantische und geheimnisvolle Schemen verwandelten. In Beatrices Salon knisterte das Feuer im Kamin. Dennoch fror Lilly.

Beatrice hatte einen Tee aufgebrüht und sie schlürften eine Weile schweigsam das heiße Getränk, das nach Limonen duftete.

„Nach Émiles Tod hat deine Mutter dich wieder nach Hause geholt. Aber du konntest dich nicht eingewöhnen. Du hast nächtelang geschrien, bist schlafgewandelt und hast ins Bett genässt. Deine Mutter war völlig verzweifelt und überfordert. Eines Tages hörten deine Schreie und deine Rufe nach Émile auf. Dafür hast du dich zurückgezogen und die Welt hinter dir zurückgelassen. Du warst völlig apathisch und nicht mehr ansprechbar. Deine Mutter konnte das nicht mit ansehen. Nach einem Gespräch mit dem Hausarzt und ihrem Ehemann hat sie entschieden, dich ein Weilchen in einer psychiatrischen Kinderklinik unterzubringen, trotz größter Bedenken deines

Vaters ... Benedikt." Auf einmal weinte Beatrice. „Ich weiß nicht, was sie in Euphoria mit dir angestellt haben, mein Kind, aber als ich dich ein Jahr später zuhause besucht habe, war ich für dich eine fremde Frau."

Beatrice stand auf und ging zur Terrassentür, die sie trotz des Unwetters öffnete, und atmete die frische Luft tief ein. Dann drehte sich um und sah Lilly betrübt an. „Lass mich dir helfen, Lilly! Der Schlüssel zum Glück liegt nämlich darin, seine Bedürfnisse zu achten, nicht sie zu kontrollieren oder zu leugnen. Selbstbeherrschung ist gut, aber in der Übertreibung gefährlich. Ein Zuviel bedeutet, sein Leben nicht zu leben. Man hat dir das wohl in der Anstalt *Euphoria* beigebracht", sagte Beatrice, „und dabei deine Kinderseele zerstört."

Auch Lilly konnte ihre Tränen nicht mehr bändigen. „Warum hat Mama mich in diese Anstalt gebracht?"

„Deine Mutter war zur damaligen Zeit im siebten Monat schwanger und erlitt kurz nach deiner Rückkehr aus der Provence eine Totgeburt. Sie hat mir mal anvertraut, dass es wieder Émiles Kind war, das sie unter ihrem Herzen trug und dass Benedikt das nicht wusste. Sie machte dich dafür verantwortlich, dass sie Émiles Baby verloren hat."

„Oh mein Gott! Ich war doch noch ein Kind", schluchzte Lilly. „Hilf mir, Beatrice! Bitte hilf mir!"

Beatrice hielt sie fest umschlungen. „Du konntest nichts dafür. Es ist immer die Natur, die ein Kind im Mutterleib sterben lässt, sobald etwas mit ihm nicht stimmt. Aber deine Mutter sah das anders." Sie schüttelte den Kopf. „Ich habe ihr Verhalten nicht verstanden. In Euphoria habe ich dich oft besucht, aber du erinnerst dich wahrscheinlich nicht mehr daran. Ich erinnere mich allerdings an das Kindergeschrei, das jedes andere Geräusch übertönte. Mir hat es dort überhaupt nicht gefallen. Die Atmosphäre kam mir seltsam bedrohlich vor."

Lilly blickte zum Fenster, in dem sich mit einmal die Erinnerung widerspiegelte.

„Ich habe nur bruchstückhafte Erinnerungen, Beatrice", flüsterte Lilly. „Es gab dort verschiedene Speisesäle, die nach ihren Tapetenfarben der blaue, der grüne und der gelbe genannt wurden, und die Wände waren holzvertäfelt. Die leuchtend blaue Tapete mochte ich am meisten. Sie erinnerte mich an den blauen Himmel in der Provence."

Plötzlich zitterte Lilly. Sie fror und sie kannte den Grund. „Es gab dort zwei große Badesäle, Beatrice, für Jungen und Mädchen. Dort haben sie meinen Kopf in Eiswasser gesteckt, damit das Schreien aufhört."

„Ich weiß, mein Kind. Es tut mir so leid."

Ihr Hals brannte, ihre Augen tränten und plötzlich spürte sie zwischen ihren Beinen die vertraute Nässe der Kindheit. Dabei war es nicht Mitternacht, sondern erst drei Uhr nachmittags und sie befand sich nicht in Euphoria, sondern saß auf Beatrices Couch.

Beatrice legte einen Arm um ihre Schulter. „Alles wird gut, mein Kind, alles wird gut."

Lilly sprang erschrocken auf. Tränen rannen über ihre Wangen. „Es tut mir leid, Beatrice", murmelte sie zerknirscht und betrachtete den Fleck auf der Couch.

Aber ihre Tante lächelte nur. „In meinem Salon fällt ein Fleck mehr oder weniger nicht auf. Meine Hilfe kommt gleich. Sie wird's wieder richten. Alles wird gut."

Später begleitete eine nachdenkliche Beatrice sie zur Tür. „Leg dich ein bisschen hin, Lilly! Ich werde jetzt auch ein Nickerchen machen, mein Kind. Morgen suchen wir gemeinsam einen Arzt auf."

Lilly umarmte sie und meinte, einen Seufzer zu hören, der tief aus Beatrices Herz kam. Sie gab ihrer Tante einen Kuss auf die Stirn und verabschiedete sich.

Im Apartment nahm sie in der Küche Notizblock und Stift zur Hand und schrieb:

*Verästelung*

*Die Familie - die Stärke der Seele,*

*stillschweigend, geheimnisvoll, dunkel,*

*Sprösslinge der Blätter,*

*aus dem Samen des Lebens.*

*Sie bewältigen Qual,*

*sind Poesie und Paranoia,*

*das Delirium der Liebe.*

*Verlieren sich in den Dschungel der Sinne,*

*sprießen,*

*ihre Mischung aus Stimmen,*

*erreicht unser Fleisch,*

*und entreißt das dunkle Stöhnen.*

*Doch die Kinder von Euphoria sind verloren.*

# KAPITEL 39

Lilly betrat um neun Uhr abends wieder ihr Apartment, nicht wie eine Diebin, die fürchtet, jemanden zu wecken, sondern wie von Dämonen gehetzt.

Als sie die Tür hinter sich schloss, durchströmte Lilly eine Welle der Erleichterung, und sie blieb eine Weile stehen, mit dem Rücken an die Wand gelehnt. Einen winzigen Moment lang gab es keine Tragödie, doch dann war alles wieder da. Lilly schloss die Augen, verharrte einige Sekunden reglos und lauschte ihrem Herzschlag.

In Gedanken führte das Mädchen sie dieses Mal nicht in die Provence, sondern in die Anstalt Euphoria, wo sie wieder Geistergespräche führte.

Das war seit ihrer Kindheit nicht mehr vorgekommen. Die Erinnerungen konnten wieder abgerufen werden. Selbst jetzt hörte sie abermals den schwächer werdenden Nachhall unaufhörlichen Kindergeschreis. Die Erinnerungen an eine Nonne, ihren entsetzten Blick, als Lilly die Schläuche aus ihren dünnen Armen gerissen hatte. Wenig später war das Bettlaken mit ihrem Blut durchtränkt gewesen. Nie hätte sie gedacht, dass Blut so rot leuchtete und so seltsam roch.

In Euphoria war sie, gejagt von ihrer eigenen heftigen Angst, oft davongerannt, wie in der Provence, doch die Pfleger fingen sie immer wieder ein. Jungen und Mädchen mit großen leeren Augen starrten sie danach im blauen Speisesaal an.

Eines Tages sprach sie ein sabbernder Junge an und musterte sie von oben bis unten. „Bist du die Neue? Ich bin Kirk, aber alle nennen mich Kirky."

„Lilly."

„Es ist sinnlos, Lilly", flüsterte Kirk. „Sie kriegen dich immer. Danach sind sie noch schlimmer. Sie geben dir Tabletten und davon wird dir speiübel. Wenn du kotzen musst, löffeln sie dir deine Kotze danach wieder ein und wir müssen dabei zusehen, so als Warnung, damit keiner von uns es wagt, davonzulaufen. Oder sie stecken deinen Kopf in eiskaltes Wasser und danach darfst du eine Stunde lang auf einem Stuhl im Hof stehen, wie ein Denkmal. Also lauf nicht weg, Lilly."

So könnte es gewesen sein, aber so war es nicht gewesen. Sie war am zweiten Tag im Morgengrauen aufgestanden und man hatte sie den ganzen Tag in einen Raum eingesperrt und an vielen darauffolgenden Tagen. Erst als sie davonlief, traten Kirkys Prophezeiungen ein. Die bunten Kügelchen, die sie seitdem jeden Morgen einnehmen musste, zauberten ein permanentes, dämliches Grinsen auf ihr Gesicht: eine fröhliche Miene zum bösen Spiel.

Als ihre Mutter sie an ihrem sechsten Geburtstag wieder nach Hause holte, hatte sie die unscharfe Linie zwischen der Welt derer, die sie gequält hatten, und der Welt der anderen längst überschritten.

\*\*\*

Lilly ging ins Schlafzimmer und legte sich auf das alte Messingbett. Wie oft hatte sie mit Lucien in diesem Bett gelegen und seinen Atemzügen gelauscht. Noch immer hing ein Hauch seines Aftershaves in der Luft: Bergamotte, Jasmin und Eichenmoos.

Eine Weile starrte sie an die Decke. Sie wollte schlafen und zur Ruhe kommen, aber Beatrices Worte wirbelten die Bilder in ihrem Kopf gänzlich durcheinander. Alles vermischte sich, dabei hatte Beatrice ihr doch die Ursache ihrer Träume erklärt.

Zu viel war geschehen, das sie aus der Bahn geworfen hatte.

„Ich bin so müde, so schrecklich müde", flüsterte sie.

Irgendwann döste sie ein und wachte wieder auf, als es bereits nach Mitternacht war.

Ihr Blick glitt zum Schreibtisch. Vielleicht würde ein Brief an Minou das Chaos in ihrem Kopf besänftigen.

*Liebste Minou,*

*jetzt weine ich allein in meiner Wohnung, stelle die Musik laut, damit meine Nachbarn Luc und Pierre nicht mitbekommen, dass ich von Émile, meinem leiblichen Vater, mehr als nur diese fantastische Gabe der Fröhlichkeit geerbt habe, die jeden ansteckt.*

*Natürlich weiß ich, dass diese Gabe ihren Preis hat und du, wenn du könntest, bezahlen würdest, um für mich die Einsamkeit und die Melancholie zu erleiden. Aber du kannst es nicht. Deine Wärme reicht nicht mehr aus, um mich vor der Welt zu beschützen, daher bringe ich nun meine Verlorenheit zu Papier, wie es schon Schriftstellerinnen vor mir getan haben. Ich verberge vor dir meine Tränen, die dich traurig machen würden. Wahrscheinlich werde ich diesen Brief auch nicht abschicken, oder vielleicht doch - irgendwann.*

*Plötzlich ist sie da: die Erinnerung an meine Kindheit hinter dunklen Mauern. In meinen Träumen hüpfen und springen nun die Dämonen der Vergangenheit ausgelassen umher. Sie müssen* schon immer da gewesen sein, nur hatte mein Geist sie unter Kontrolle. *Hier in Paris stahlen sie sich wieder leise in meinen Kopf hinein und schlüpfen kichernd durch mein Schlaf-Wach-Zentrum. Manchmal hinauf in die tiefsten Hirnwindungen, bis ich aus meinen Albträumen aufwache. Durch die Jalousien fällt ein vom Regen getrübtes Licht, als hätte sich die Nacht nicht ganz von albtraumhaftenden Visionen gelöst.*

*Ich habe in Paris einiges erfahren und ich meine damit nicht die Liebe. Mein Blut trägt nur die eine Hälfte unserer Familien-Gene, nur die „unserer" Mutter, aber nicht die „deines" Vaters. Papa Benedikt! Gestern reichte mir noch die Bezeichnung „Papa", aber seit heute differenziere ich. Papa Benedikt ist nicht mein leiblicher Vater, sondern Émile, Tante Beatrices Exmann. Er war die schweigende Leidenschaft unserer Mutter, für die sie mich geopfert hat. Warum sonst hat sie mich über all die Jahre wie eine Aussätzige behandelt? Ich bin davon überzeugt, dass sie den toten Émile auch heute noch liebt und sie mit Benedikt lediglich eine tiefe Freundschaft verbindet. Unsere Mutter hat sich entschieden, als ich fünf Jahre war, Émile als einzige Nähe des Himmels zu lieben, zu begehren.*

*Du bist meine Halbschwester, physiologisch gesehen. Ein seltsames Wort - die ,halbe' Schwester. Hm ... Menschen kann man doch nicht teilen. Sei unbesorgt, Minou, du wirst immer meine ,ganze' Schwester bleiben.*

*Ich habe begonnen, meine Pariser Traubenzimmer mit Tränen zu füllen, deshalb fühle ich mich dir so nah, und unserer Kindheit, die uns eigen ist und mir Trost spendet. Sie ist das einzig Wahre, das mir geblieben ist. Alles andere war eine Lüge, eine heftige und sanfte „Krankheit" unserer Mutter, eine unheilbare Wunde deines Vaters, die sich von einem Schmerz ernährt.*

*Ich werde Mama niemals verzeihen, was sie mir angetan hat. Und Benedikt? Ich weiß nicht, inwieweit er in diese Geschichte*

*involviert war. Ich weiß nur, dass er von Mamas Ehebruch er-
fahren hat, dass er schon immer gewusst hat, dass ich nicht seine
leibliche Tochter bin. Wieso haben sie mich fortgegeben und
mich vergessen? Einfach so. Wieso gab Mutter mir die Schuld für
ihre Fehlgeburt? Ich war doch nur ein kleines Mädchen, das zwei
Mal seiner vertrauten Umgebung entrissen wurde und das wohl
nicht verkraftet hat.*

*Nur eines tröstet mich in Momenten wie diesen: die Tatsache,
dass es dich gibt. Du bist real. Du, meine halbe Schwester.*

*Ich umarme dich.*

*Deine Lilly*

Sie blickte aus dem Fenster und flüsterte verzweifelt Worte,
die ihr über die Lippen kamen.

„Lucien. O Lucien. Lucien."

# KAPITEL 40

„Sie haben Besuch. Sie wartet bereits seit fast einer Stunde", sagte der Concierge und warf ihm einen verächtlichen Blick zu.

Lucien eilte zum Aufzug, stieg ein und fuhr in den vierten Stock.

Er entdeckte Lilly, die auf der Treppe auf ihn wartete.

„Lilly...?"

„Entschuldigung, dass ich dich enttäuschen muss", sagte sie leise. „Ich weiß ja, dass du freitags die Frauen empfängst."

Er winkte ab. „Nein, es ist eher eine Überraschung, muss ich sagen."

„Hast du eigentlich meinen Brief erhalten?"

Er nickte.

„Was hast du damit gemacht? Ihn verbrannt?"

„Ich hab ihn gelesen, Lilly. Möchtest du mit ins Apartment kommen?"

„Nein, Ich hätte nicht kommen dürfen. Fee hielt es auch für zwecklos. Ich fahre in die Provence und wollte mich von dir verabschieden."

„Lilly, du verlässt Paris doch nicht wegen mir? Was wird aus deinem Studium?"

„Ich werde das Studium irgendwann wieder aufnehmen, aber jetzt brauche ich eine längere Pause. Ich bin in letzter Zeit etwas sentimental in Bezug auf Beziehungen. Paris stimmt mich traurig."

Selbst jetzt – im Moment des Abschieds – trieb er die Zerstörung weiter voran. „Du siehst in mir eine enttäuschte Liebe?"

Lilly nickte. „Ja, weil du nie wirklich bei mir warst."

Er errötete. „Und wie geht es Fee?"

„Es geht ihr großartig." Sie hätte ihn am liebsten geohrfeigt. Stattdessen schenkte sie ihm einen zärtlichen Blick. „Sehr gut, obwohl sie immer noch irre ist."

„Wie geht es dir, Lilly? Wie geht es dir wirklich?"

Sie zuckte mit den Schultern.

„Du bist so schön, du hast dich kein bisschen verändert." Er betrachtete sie liebevoll. „Du wirst die Liebe deines Lebens finden, weil du alles hast, was sich ein Mann nur wünschen kann."

Tränen standen ihr in den Augen. „Ich sollte jetzt gehen."

„Warum?"

*Kommt da am Ende doch noch Verzweiflung in ihm hoch?*, fragte sich Lilly. „Ich wollte dich einfach nur nochmal vor meiner Abreise wiedersehen. Und vielleicht wollte ich auch … Ach, ich weiß auch nicht."

„Was? Sag's mir!"

„Ach, so wichtig ist es gar nicht. Ich habe immer nur gedacht, dass du eines Tages zu mir kommen würdest, um mir zu sagen, dass es dir leidtäte."

Er holte tief Luft und blickte zur Seite. „So ist es auch, Lilly.“

„Okay“, erwiderte sie leise.

„Kann ich dich anrufen, um mich nach dir zu erkundigen, Lilly?“

An der Haustür drehte sie sich um und nickte.

*

An den darauffolgenden Tagen hatte sie ihn immer wieder angerufen. „Lucien, bitte lass uns reden“, hatte sie ihn angefleht, doch es war zwecklos gewesen.

Irgendwann erreichte sie ihn nicht mehr. Eine weibliche Stimme sprach fortan mit ihr. „Kein Anschluss unter dieser Nummer.“

# KAPITEL 41

Lilly liebte die Uferpromenade der Seine, die zum Weltkulturerbe zählte. Zu Recht, fand sie. Vielleicht würde ihre Schwester Minou mit ihrem Mann eines Tages hierher kommen und sie würden an der Seine entlangbummeln, dort, wo auch sie gerne einen Spaziergang machte, selbst an den hier zu häufigen Regentagen.

Ihr Lieblingsplatz war eine kleine Bank mit Blick auf den Pont Neuf, die unter anderem eine Verbindung der Île de la Cité zu dem Seine-Ufer herstellte. Der Pont Neuf war die älteste in Paris erhaltene Brücke.

Lilly blieb vor der Bank stehen, auf der heute eine ältere Dame saß, die lustlos in einer Zeitschrift blätterte. „Bonjour Madame. Darf ich?"

„Aber natürlich, mein Kind. Setzen Sie sich doch!" Sie legte die Zeitschrift beiseite und musterte Lilly. „Ich glaube, ich habe Sie hier schon häufiger gesehen." Sie drehte sich um und zeigte mit dem Finger auf den Place Dauphine. „Ich habe dort von meinem Fenster aus einen Blick auf diese Bank." Sie zwinkerte Lilly zu. „Mit dem Fernglas."

Lilly schmunzelte. „Sie sind also das, was man einen Spanner nennt, Madame?"

„Oui, so könnte man mich bezeichnen. Wenn ich die Menschen hier oder auf dem Place Dauphine mit meinem Fernglas beobachte, male ich mir immer aus, wie es dort wohl in der Antike gewesen sein mag, als die Kelten hier angesiedelt waren, oder später, als Paris Stadt des Römischen Reiches in Gallien war. Als 1607 der Pont Neuf eingeweiht wurde, änderte sich die Situation des ruhigen Platzes. Der damals amtierende

181

Heinrich IV. plante eine kommerzielle Nutzung des Place Dauphine und das ist ihm wahrhaft gelungen. Wenn man dort
wohnt, sucht man die Ruhe entweder hier an der Seine oder
im Bois de Bologne."

„Aber es gefällt Ihnen, dort zu wohnen?"

„Gewiss. Wussten Sie, dass an der Place Dauphine einst be-
rühmte Personen lebten, wie der Erfinder der Fotografie Louis
Daguerre, Yves Montand und Simone Signoret oder Robe-
spierre, um nur einige zu nennen." Sie seufzte. „Und Sie, mein
Kind. Was machen Sie in der Stadt der Liebe? Studieren Sie
hier?"

Lilly nickte. „Literatur."

Die kleinen graublauen Augen musterten sie über die Lese-
brille. „Gefällt Ihnen Ihr Studium?"

„Ja, sehr interessant."

„Hm ... Und warum sehen Sie dann so traurig aus? Sie wirken
auf mich bedrückt. Eine Amour fou mit einem verheirateten
Mann? Liebeskummer?"

Lilly war bestürzt. „Sieht man mir das so deutlich an?"

„Nun, wenn Ihnen das Literaturstudium gefällt, bleibt nur
noch ein Mann übrig, der eine junge Frau so traurig aussehen
lässt."

Lilly kramte in ihrer Handtasche nach einem Papiertaschen-
tuch. „Sie haben Recht. Es ist eine ... es war eine Amour fou. Ich
habe ihn vorhin aufgesucht, obwohl er die Beziehung beendet
hat."

Madame tätschelte ihr Knie. „Hatten Sie womöglich Lust, die

Femme fatale zu spielen, damit er sieht, dass Sie ihm gewachsen sind?"

Ihr Blick glitt zum Pont Neuf. „Er lässt mich nur leiden, Madame", sagte sie leise. „Allerdings tröstet mich der Gedanke, dass ich es geschafft habe, einen Mann zu verführen, den alle Frauen im Café de Flore interessant fanden."

„Ich verstehe. Wie heißen Sie, mein Kind?"

„Lilly."

„Ich heiße Belle. Haben Sie es mal mit Schreiben versucht, Lilly? Ich habe meinem Liebhaber viele Liebesbriefe geschrieben und lese sie manchmal heute noch. Natürlich quäle ich damit meine Seele, aber das hält mich jung. Mon Dieu, was war ich damals verliebt!"

„Haben Sie Ihre Briefe denn nicht abgeschickt, Madame Belle?"

„Nein, ich habe sie behalten. Welche Frau liest nicht gern ihren ersten Liebesbrief und die damit verbundene Erinnerung? Wie sie sorgfältig das Papier auswählt, den Stift handhabt, die Worte sucht, immer wieder neu beginnt, bis die Zeilen vollkommen sind ... und ..."

„Und wie sie den Brief der Post anvertraut hat und mit Spannung auf eine Antwort wartet", fiel Lilly Madame Belle ins Wort. Sie hatte das Gefühl, die sympathische Madame Belle schon eine Ewigkeit zu kennen.

Madame Belle schmunzelte. „Sie haben also dieselbe Erfahrung gemacht. Welche Frau könnte das vergessen? Das erste Treffen mit dem Geliebten, wie ihr Herz wild pocht, ihre Finger zittern, wie sie in einem Café oder auf einer Bank am Seine-Ufer seinen Worten lauscht. Jedenfalls an irgendeinem Ort, wo niemand sie beobachten und keine lieblose Stimme den Mann unterbrechen kann, wenn die Frau erblüht und sich seinen Liebesworten hingibt."

„Wahre Worte."

Madame Belle lächelte geheimnisvoll. „Sie haben ihm damals ihre Liebe offenbart", fuhr sie fort, „ihre Augen haben dabei geleuchtet, ihre Lippen Worte geformt und ihr Herz war erfüllt von ihm, und ihre Feder teilte es mit. Aber ..."

„Irgendwann sieht diese Liebe ihrem Ende entgegen", unterbrach Lilly Madame Belle.

„Und sie schreibt: Ich spende keinen Trost."

Madame seufzte. „Die Liebe ... erlauben Sie mir, Ihnen einen guten Rat zu geben, Lilly? Männer sind einfach. Sie legen uns ab und lassen sich zu neuen Taten hinreißen, besonders wenn es notorische Ehebrecher sind. Plötzlich sind wir wie ihre Ehefrauen: hörbar, Nervensache, scharfe Zähne, ein Fertigprodukt oder das Thermometer der Moralität, das sie als Freiheitsberaubung empfinden. Dabei konservieren wir Frauen die Liebe und sind der Höhepunkt der Zivilisation."

Lilly schmunzelte.

„Wenn eine Beziehung zu Ende ist", sagte Madame Belle, „wird ihre Verzweiflung schwierig auszuhalten sein. Zumindest ist es schwierig, eine ganze Verzweiflung bis zum Ende durchzuhalten. Genießen Sie Ihr Leben und vergessen Sie den Knaben!"

Lilly schüttelte den Kopf. „Ich habe nie geglaubt, einen Mann wie ihn wirklich mögen zu können. Als ich ihn zum ersten Mal sah, hatte ich nur ein Ziel: ihn zu erobern und meiner jugendlichen Schwärmerei und Aufgeregtheit endgültig ein Ende zu bereiten."

Madame lachte laut auf. „Das kenn' ich.

Ich habe meinen verstorbenen Mann wie eine große Verzauberung durch die Welt erlebt. Dennoch ist die Liebe niemals eine Leibeigenschaft, sie ist ein Luxus. Frauen leben die Liebe nicht aus Mangel weiter. Wir legen alles in die Liebe. Wir legen selbst Liebe in unsere Verzweiflung und in die Einsamkeit. Letzteres ist besonders gefährlich."

„Wieso?" Lilly spuckte es mehr aus, als dass sie es sagte, und starrte auf das Wasser der Seine.

„Die Einsamkeit wütet tagtäglich gegen die Frauen, die eine Liebe verloren haben. Wenn man nicht aufpasst, gesellt sich der Irrsinn zum Drama hinzu", grübelte Madame Belle mit sanfter Stimme. „Am Îlot de la Gourdaine stand früher der Scheiterhaufen, auf dem Philipp der Schöne den letzten Großmeister des Templerordens 1314 hinrichten ließ. Schicken Sie *Monsieur Inconnu* in Gedanken doch auch mal dorthin."

Lilly blickte auf und schaute zur Seite. „Woher wissen Sie von Monsieur Inconnu und...?"

Doch die Bank war leer. Eine junge Mutter mit einem kleinen Mädchen an der Hand lief an Lilly vorbei.

„Mit wem spricht die Frau, Mama? Da ist doch niemand", fragte das Kind.

„Manche Menschen machen das, Sophie. Sie sind oft einsam."

„Was ist einsam, Mama?"

Mutter und Tochter gingen weiter, die Stimmen wurden leiser, als würden sie sich, wie auch Madame Belle, beim Sprechen entfernen.

Ihr Mund war plötzlich wie ausgetrocknet. Lilly tastete nach der Limonade in ihrem Rucksack.

# KAPITEL 42

Auf dem Heimweg folgte ihr ihr Schatten, eine Spukgestalt, die ihr nicht von der Seite wich und nicht länger ihre Konturen besaß. So kam es ihr vor. An sich war Lilly das schon vor zwei Wochen aufgefallen. Bestimmte Kleidungsstücke waren ihr viel zu groß. Sie hatte kontinuierlich an Gewicht verloren. Ihr Körper gehorchte ihr nicht mehr und ihr Schatten markierte diese bedeutsame Veränderung.

Am Abend setzte sie sich an ihren Schreibtisch und schrieb endlich jene Zeilen, die ihr am Herzen lagen.

*Liebste Minou,*

*plötzlich ergibt alles einen Sinn. Ich erinnere mich wieder, dass ich schon immer psychisch labil war. Mama hat mich deswegen in eine Irrenanstalt gebracht.*

*Ja, ich bin krank, Minou. Nicht körperlich. Nein, mein Körper hat zwar an Gewicht verloren, aber strotzt vor Gesundheit. Meine Seele ist krank und das schon seit vielen Jahren. Ich habe es gut verstanden, meinen Geisteszustand vor allen zu verstecken, besonders vor den Menschen, die mich lieben – und das aus einem einzigen Grund: Ich wusste es selbst nicht einmal. Ich lebe in einer Welt der Fantasie und kann diese nicht mehr von der Realität unterscheiden. Hier in Paris haben die Dämonen des Irrsinns auf mich gewartet, um mir zu sagen: „Komm nach Hause, Lilly". Sie haben mir die Augen geöffnet.*

*Es begann alles vor vielen Jahren. Wir haben das Jahr 1965. Ich bin fünf Jahre alt und kann nicht mehr sprechen. Als ich mit Mama aus dem Wagen steige, verirren sich Kieselsteinchen in meine Sandalen. Meine Fußsohlen schmerzen und ich bleibe einen Moment stehen. Der Wind bläst durch mein langes Haar, meine Augen tränen ...*

\*

Als sie fertig war, legte sie den Stift beiseite. Den Brief schob sie in den gefütterten Umschlag, schloss diesen und steckte ihn in ihre Tasche. Dann knipste Lilly die Schreibtischlampe aus.

Im Schlafzimmer starrte sie auf das Himmelbett, in dem die Dämonen der Nacht sie bereits erwarteten.

„Verschwinde", flüsterte sie leise. „Ich brauch meinen Schlaf. Morgen gehe ich zu Monsieur Inconnu und erzähle ihm von dir."

Das seltsame Mädchen sagte nichts, stattdessen schimmerte ihr Gesicht noch blasser. Es nahm Lilly in ihren Träumen an die Hand und zeigte ihr eine Frau, die ein kleines Mädchen in die Klinik in Euphoria brachte ...

\*

„Komm schon, Lilly!", ruft Mama. „Der Arzt hat nicht den ganzen Tag Zeit!"

Mama hält meine Hand fest umklammert, als wir die psychiatrische Anstalt Euphoria betreten. Am Empfang bleibt Mama stehen.

„Lilly und ich sind angemeldet. Dr. Mertens erwartet uns. Sag Guten Tag, Lilly."

Lilly blickt hoch. Dort steht eine Frau in weißer Nonnentracht. Ihr kalkweißes Gesicht wird auch von einem weißen Schleier umrahmt. Die Schwester runzelt die Stirn.

Ihre Mutter zuckt die Schultern. „Ich weiß nicht, warum meine Tochter nicht spricht. Ich weiß überhaupt nichts mehr."

„Keine Sorge, die Ärzte werden schon wissen, was zu tun ist." Sie lächelt, doch ihre Augen bleiben kalt. „Zweite Etage, dritte Tür links."

Wenn ich stolpere, werde ich einfach die Treppe hinunterfallen und Mama wird mich unten liegen lassen. Sie wird wieder nach Hause fahren und mich hier zurücklassen, so, als gäbe es keine stille Tochter mehr.

In Zimmer 4 muss ich mich ausziehen und ein Arzt horcht meine Lungen ab und untersucht mich, während Mama unentwegt auf die Armbanduhr sieht.

Ein wenig später bringt Mama mich in mein Zimmer, in dem nur ein Bett und ein Schrank stehen. Eilig packt sie den Koffer aus. „Es wird Zeit, mich zu verabschieden, Lilly. Der Zug fährt in eine halbe Stunde. Sei bitte nicht traurig. Ich werde dich oft besuchen. Bald bist du wieder gesund, Kleines."

Mama küsst mich flüchtig auf beide Wangen, drückt mich an sich. Als ich ihr in die Augen blicke, sehe ich die Tränen und ein trauriges Lächeln. Dann bin ich allein.

Durch das verschmutzte Fenster entdecke ich sie am Eingangstor der Klinik und winke ihr ein letztes Mal zu.

Ich blicke mich um, lege mich aufs Bett und schlafe ein.

Am nächsten Tag werde ich um sieben Uhr geweckt und gehe um acht Uhr abends wieder ins Bett. An die Stunden dazwischen erinnere ich mich nicht. Das mache ich jetzt jeden Tag.

Am fünften Tag bin ich sehr aufgeregt. „Du darfst ins neue

Spielzimmer", verspricht die Ordensschwester und führt mich nach dem Frühstück in das Zimmer hinein.

Das Spielzimmer ist ein kleiner Raum mit bunten Tapeten und einer Tür mit einem Guckloch. In der Mitte stehen ein Stuhl, ein Tisch in Kindergröße und ein Bett, sonst nichts. Ich nehme Platz, vor mir liegt eine Puppe mit grünen Haaren. Bevor ich nach der Puppe greifen kann, betritt ein weißgekleideter, fremder Mann den Raum und erklärt mir, dass jetzt ein Spiel beginnt.

„Du kannst dir die schöne Puppe jetzt sofort nehmen oder du lässt sie liegen und wartest, bis ich wiederkomme. Wenn du das fertigbringst, schenke ich dir noch eine zweite Puppe obendrein. Was möchtest du tun, Lilly?"

Ich überlege kurz und warte. Wenige Augenblicke später bin ich allein. Ich starre gebannt auf die Puppe mit den glänzenden Haaren, die ich nicht anfassen darf, wenn ich eine zweite haben möchte. Warum eigentlich nicht?, frage ich mich plötzlich. Dann greife ich nach ihr. Doch das ist mir nicht genug, ich will jetzt auch die Belohnung haben. Und zwar sofort. Also reiße ich die Schubladen des Tisches auf und finde, wonach ich gesucht habe: eine zweite Puppe. Ich drücke ihr die Augen aus. Die Puppe gibt seltsame Töne von sich. Dann ist sie still. Die Batterie ist leer.

Ich blicke auf. Hinter der Glaswand steht der fremde Mann und beobachtet mich.

Er holt mich aus dem Zimmer, bringt mich in einen dunklen Raum. Dort lege ich mich auf eine Liege.

„Du wirst jetzt einschlafen und Schafe zählen", sagt er.

Ich sehe ihn an. „Hier sind aber keine Schafe. Oder bist du ein Schaf?"

„Zähl die Schafe, Lilly!", fordert er mich auf.

Stille.

Er holt eine Spritze und wenig später wird mein Körper ganz warm. Alles ist verschwommen.

Im Laufe der darauffolgenden Wochen lerne ich die anderen Mädchen und Jungen kennen, die in Euphoria untergebracht sind. Wir alle leiden unter Schlaflosigkeit, Herzrasen, Schweißausbrüchen und Magenkrämpfen.

„Ihr seid traurig, habt Angst und Panikattacken. Euch verbindet eine erkrankte Seele", behaupten die weiß gekleideten Schwestern. „Deswegen müsst ihr kleine, rosafarbene Pillen schlucken."

Die Mädchen treffen sich immer bei den Liegekuren, die im Sommer wie im Winter durchgeführt werden. Dann werden wir in braune Wolldecken eingewickelt und mit roten Wärmflaschen gepolstert. So eng und so heiß, dass sich Blasen auf unserer Haut bilden. Eineinhalb Stunden dauert die Tortur in der Natur. Wir dürfen nicht sprechen, nur das Schweigen ist erlaubt, und den Schafen dabei zusehen, wie sie auf der Wiese gegenüber grasen: schwerfällig, gleichmütig.

In der Nacht weine und schreie ich oft, bis ein Flüstern mich aufhorchen lässt und ein Dämon in Nonnentracht das vergitterte Zimmer betritt, ebenso in der Nacht darauf. Und irgendwann jede Nacht.

„Mama, ich hab Angst. Ich fürchte mich", flüstere ich dann in der Dunkelheit. „Sie machen mich krank. Ich habe Angst. Mama, wann kommst du ...?"

Nach vier Wochen existieren für mich nur noch die Stunden bis Mitternacht. Ich erwache immer dann, wenn ein Zug über die Gleise an der Klinik Euphoria vorbeidonnert und dabei mit seinem bedrohlich lauten Signal die Stille der Nacht durchbricht. Immer dann spüre ich, wie meine Blase sich leert und die warme Flüssigkeit zwischen meinen Beinen mein Nachthemd und das Bettlaken tränkt, warm und vertraut.

Bald darauf betritt der Dämon die Zelle, beschimpft mich und schleift mich zum Waschbecken. Dämonen benutzen Kernseife, um den Körper eines Kindes zu reinigen, Dämonen ziehen Kinder an und aus, Dämonen beschimpfen, quälen und schlagen die Kinder von Euphoria – Tag und Nacht, außer man gehorcht ihnen und schluckt ihre Pillen und leidet dabei Höllenqualen…

*

Lilly schreckte schweißgebadet auf. Dabei endeten die Schreie und Klagen des Kindes in einem abfallenden Klang. *Lauf weg, Lilly! Lauf weg!*

Ihre Mutter hatte sie auch an diesem Ort zurückgelassen, den Thomas Mann zum *Zauberberg* hätte inspirieren können: ein Sanatorium im Jugendstil. Carrara-Marmor, Wandpaneele aus russischer Birke, ornamentverzierter Parkettboden.

„La perle du soleil" und „Euphoria": das Weingut in der Provence und die Klinik Euphoria. Himmel und Hölle – Engel und Teufel – Schmetterlinge und Ratten.

# KAPITEL 43

*Liebste Minou,*

*es ist Mitternacht. Am Ende eines Tages kommt es mir immer wieder vor, als stäche der Teufel mit dem Spaten in die Erde. Mir wird vom knirschenden Klirren des letzten Stoßes ins Erdreich fast schwindlig. Ich fühle mich in seiner Nähe unbehaglich und meide seinen Blick, starre auf das imaginäre Loch. Es ist die Jackentasche seines Kittels. Über mir flackert das Licht einer defekten Neonleuchte.*

*Der weißgekleidete Teufel gräbt weiter. Plötzlich hält er inne. Etwas ragt aus dem senkrechten Abstich heraus. Seine Finger ertasten den Gegenstand. Er zieht daran, bis er eine Spritze in den Händen hält.*

*„Willst du nach Hause?", fragt er. Ich liege starr in meinem Bett.*

*„Wie du willst!" Er nimmt aus seiner Jacke eine Ampulle und ich höre das Brechen der Ampulle. Er zieht eine Spritze auf. Es ist schon schlimm genug, es zu hören, aber es zu sehen ...*

*„Hast du jetzt begriffen?", flüstert er und blickt finster auf mich herab.*

*Letztendlich war es der Teufel höchstpersönlich, der mich in sein Erdloch gebettet hat. Er hat ein fünfjähriges Mädchen, das nach seiner Rückkehr aus der Provence ins Bett genässt und ständig geschrien hat, in eine Zwangsjacke gesteckt. Nun will er selbst meine Seele.*

*Du hast richtig gelesen, Minou: Mein Erdloch ist eine Gummizelle in der psychiatrischen Anstalt Euphoria. Meine Mutter hat mich hier ein halbes Jahr lang dem Vergessen überlassen. Der*

*Teufel hat in Euphoria die Gestalt einer weißgekleideten Nonne angenommen, die unmittelbar nach meiner Ankunft meine Hände und Füße an ein Bett fesselte. Jede Nacht sehe ich die harten Muskeln ihrer Arme, ihrer Füße, sehe auf ihre kräftigen Hände mit den langen Krallen. Sie steht vor meinem Bett und hält diese Spritze mit der goldenen Flüssigkeit in der Hand, von der ich ganz schläfrig werde. Die Nonne beugt sich über mich und ich rieche ihren schlechten Atem, den abgestanden Schweiß, den ihre Tracht ausdünstet, und nehme den Geruch von Urin wahr. Der ist am schlimmsten: alt, beißend. Das grobe Ertasten der Vene, die Nadel einstechen, sie rausziehen, abtupfen, das Anbringen eines Pflasters. Ich liege in dem ausgehobenen Loch auf dem kalten, weißen Laken und spüre, wie meine Körper heiß wird. Das Feuer verbrennt mich – Sekunden später hört das Zittern auf und meine Stimme wird vom Schlund verschluckt. Stille. Die Zelle ist jetzt strahlend weiß. Ich weine, als die Teufelin meinen Arm streichelt.*

*„Warum schreist du nur? Das ist nervtötend. Versuche jetzt zu schlafen", krächzt sie.*

*Die Nonne verlässt die Gummizelle, dreht sich an der Tür noch einmal um und fletscht ihre gelben Zähne zu einem Grinsen. Sie weiß, dass mein Grab einem Meer aus Tränen gleicht und mein Herz von Sehnsucht nach meinem Vater Émile gefüllt ist. Ihre Mimik schaufelt Steine in ein Kinderherz.*

*Ja, Minou, so kamen mir die Tage in der Anstalt Euphoria vor.*

*Hast du davon gewusst?*

*Deine Lilly*

*

Sie stand auf und ging zur Terrasse. Dort blieb sie vor dem Fenster stehen und weinte eine Weile vor sich hin. Dann plante sie, ihre Entscheidung morgen in die Tat umzusetzen und wurde unmittelbar danach von Müdigkeit übermannt. Sie ging zu Bett und kam erst wieder zu sich, als um sechs Uhr der Wecker klingelte.

Eine Stunde später überquerte sie mit einem kleinen Koffer die Rue Velvet, stieg in ein Taxi und fuhr zum Bahnhof Gare du Nord. Dort kaufte sie am Schalter ein Zugticket nach Vaison-la-Romaine.

# KAPITEL 44

Das Weingut ‚La perle du soleil' lag in der Nähe von Vaison-la-Romaine. Der Ort mit seiner alten Römersiedlung und seinem großen provenzalischen Markt begeisterte Lilly auf Anhieb. Sie begriff sofort, dass Émile sich nicht mehr von dem Schmelztiegel, in dem sich alle mediterranen Völker vermischt hatten, hatte losreißen können, nachdem er das Weingut gekauft und die Verschiedenartigkeit der Region gekostet hatte.

Bernard, der mit seiner Frau Julie ‚La perle du soleil' verwaltete, holte sie vom Bahnhof ab und nahm sich ihrer an. Er war ein Mann mit einem knorrig *verwitterten Gesicht,* mit breiter Nase und freundlichen, von Lachfalten umgebenen Augen. Julie hingegen war eine zierliche, attraktive Mittvierzigerin mit feurigen braunen Augen und hellblonden Haaren. Lilly mochte die beiden auf Anhieb.

Émiles Landhaus bestand aus Bruchstein mit ockerfarbenen Fugen, das von römischen Dachziegeln gekrönt war, aber nur kleine Fenster hatte, um es gegen die Angriffe der Sonne und des Mistrals zu schützen.

In ihrer ersten Nacht trübte ein panischer Albtraum ihr Bewusstsein, doch nach drei Nächten verspürte sie das Entsetzen beim Erwachen nicht mehr, das in Paris so präsent gewesen war. Émiles Weingut, die Gespräche mit Bernard und ihre ausgedehnten Spaziergänge über die sonnenbeschienenen Hügel oder durch den Ort, über dem der Gesang der Grillen lag, vertrieben die Dämonen und beflügelten Lillys Fantasie.

Bernard war ein hervorragender Verwalter, hatte Beatrice einmal gesagt, und Lilly konnte sich in wenigen Tagen davon überzeugen. ‚La perle du soleil' und das Haus waren in sehr gutem Zustand.

Sie begann wieder Aquarelle zu malen und fertigte wunderschöne Skizzen vom Weingut, den Weinbergen und den Landschaften der Provence an, die auch eine Welt der Gebirge, der Alpen und eines sagenumwobenen Meeres war.

*

„Im Wechsel der Jahreszeiten hat das Leben bei uns seit Jahrhunderten denselben Ablauf, Lilly." Bernard zeigte auf die Berge. „Der Almauftrieb der Schafe im Frühjahr, die blau-violetten Reihen der Lavendelfelder im Sommer, die Weinlesen an den Hängen des Berges im Herbst und die Olivenernte im Winter."

Immer wieder lockte er sie mit seinen Schilderungen in eine bestimmte Richtung. „Hätten Sie nicht Lust, das Leben auf ‚La perle du soleil' mal ein ganzes Jahr auszukosten?"

„Sie sind ein Schlitzohr, Bernard."

Eines Tages suchte sie den Verwalter in seinem Haus auf und gestand ihm bei einer Tasse Kaffee, dass sie einen Entschluss gefasst hatte.

„Ich werde ein ganzes Jahr auf ‚La perle du soleil' verbringen. Das Studium läuft mir nicht davon." Sie fühlte sich voller Energie.

Julie klatschte in die Hände. „Émile hat es gewusst. Er hat immer daran geglaubt, dass Sie eines Tages zurückkehren würden, Lilly", sagte sie und umarmte Lilly.

Bernard reichte ihr die Hand. „Meine Frau und ich freuen uns sehr", grinste er. „Warten Sie mal!" Er stand auf, ging zu seinem Schreibtisch, nahm einen Brief aus der obersten Schublade und reichte ihn Lilly. „Er ist von Ihrem Vater Émile. Ich durfte ihn erst übergeben, nachdem sie sich für einen Aufenthalt auf dem Weingut entschieden hatten. Sobald Sie ihn gelesen haben, sollten wir uns unterhalten."

Sie nahm den Brief entgegen und steckte ihn in ihre Jackentasche. „Danke. Ich lese ihn aber erst später", sagte sie leise.

Lilly hob die Tasse an ihre Lippen und ließ ihren Blick über den Garten streifen. Etwa fünfzig Meter von ihr entfernt spielte Nicky, Bernards zehnjähriger Sohn. Der Junge warf einen Ball hoch in die Luft und fing ihn wieder auf. Dabei spielte der Wind mit seinen schwarzen, wild gelockten Haaren.

*Das ist real*, dachte Lilly. Bernard, seine Frau Julie, sein Sohn Nicky, das Weingut, der Ort und seine Bewohner, die Natur.

Nicky kam näher, als er ihr Winken bemerkte.

„Nicky", rief sie, „möchtest du eine heiße Schokolade bei mir trinken?"

Der Ball fiel auf den Boden und Nicky stürmte auf das Haus zu. Hand in Hand liefen sie zu Émiles Haus, wo Lilly für Nicky eine Schokolade zubereitete und über ihren ersten Versuch südlicher Gastfreundschaft schmunzelte.

Nachdem Nicky sie verlassen hatte, nahm sie den Brief ihres Vaters aus der Jackentasche, setzte sich auf die Terrasse und jubelte innerlich. *Papa hat mir geschrieben*, dachte sie und las seinen Brief.

*Vaison-la-Romaine, 30. September 1965*

*Liebste Lilly, ma petite,*

*ich bin so froh, dass du dich entschieden hast, auf ‚La perle du soleil' – Die Perle der Sonne - zu leben. Der Name des Weinguts stammt übrigens von Julie. Eines Tages nahm sie eine weiße*

*Traube in die Hand und sagte, dass sie bei ihrem Anblick an eine Perle erinnert würde. Unsere Trauben sind rund wie üppige, große Perlen, die wir zu erlesenen Weinen oder prickelndem Champagner verarbeiten. Ich muss bei dem Vergleich immer an dich denken. Du bist auch ein Kind des Lichts, wie eine Traube, die durch das Sonnenlicht zur Perle wird.*

*Die Weinberge und das Lavendelfeld waren schon immer meine Heimat – bis du in mein Leben getreten bist. Erst da wurde mir bewusst, dass meinem Leben noch etwas Wichtiges fehlte: Du.*

*Ich liebe deine Leichtigkeit und den Zauber, der dich umgibt. Dennoch stimmt es mich traurig zu wissen, dass ich eine so wundervolle Tochter habe, die ich nicht aufwachsen sehen werde und für die ich kein Vater sein kann. Wenn du dich allerdings für ein Leben auf dem Weingut entschieden hast, ist es so, als wäre ich bei dir.*

*Du warst in den vergangenen Wochen für mich grenzenloses Glück. Auch du liebst die Farben der Provence, nur viel intensiver als ich es jemals getan habe: das blasse Morgenlicht, den lilafarbenen Lavendel, das zarte Grün der Reben, das tiefe Blau der Trauben, die in der Nacht schwarz schimmern, das flirrende Tageslicht und die am Abend leuchtenden Farben des Horizonts.*

*Wie sehr haben wir beide die Stille und die Farben auf der Bank zwischen den Weinstöcken genossen. Du bist wahrhaftig meine Tochter und ich bin mir sicher, dass du hierher zurückkehren und dein Glück finden wirst, mein Mädchen.*

*Keinen Augenblick zweifle ich daran, die richtige Entscheidung getroffen zu haben, wenn ich dir das Weingut und mein Vermögen hinterlasse. Beatrice wird es verwalten, bis du volljährig bist. Bernard und Julie kümmern sich um das Weingut. Es sind wunderbare Menschen, denen du bedingungslos vertrauen kannst.*

*Nun habe ich keine Angst mehr vor dem Sterben. Der Tod birgt für mich auch Vorteile: keine Schmerzen, keine Tabletten, keine Chemotherapien, keine Bestrahlungen. Der Himmel wartet. Ich bin bereit.*

*Noch einmal sehe ich nach oben ins*

*Licht, in dein Gesicht. Du stehst an meinem Bett. Zarte Sonnenstrahlen tänzeln in deinem Haar und wärmen meine Seele. Ein Mantel aus Geborgenheit und Liebe umhüllt mich, mein kleines, tapferes Mädchen, während du mich hältst.*

*Ich verabschiede mich von dir auf diese Weise noch einmal und danke dir für die Freude, die du in mein Leben gebracht hast. Ich bilde mir ein, dass du auch ein wenig Glück bei mir empfunden hast. Ich wünsche mir, dass du in deinen Erinnerungen einen kleinen Platz für die Zeit auf „La perle du soleil" bewahrst, als du deinem sterbenden Vater so viel Liebe geschenkt hast. Merci, ma petite Lilly. Sommersprossen sprenkeln dein zartes Gesicht. Es sind Ansichtspunkte, die geküsst werden wollen, jeder einzelne zum Abschied.*

*Je t'aime – Ich liebe dich.*

*Je t'embrasse – Ich umarme dich.*

*Dein Vater Émile*

# KAPITEL 45

Wieder in Paris, geschah alles wie im Traum. Lilly stieg mit ihrer Skizzenmappe in ihren Wagen, ließ den Motor an und fuhr los in Richtung Café de Flore. Eine rote Ampel zwang sie zu bremsen. Es wurde grün, doch im dichten Verkehr kam ihr Wagen nur mühsam voran. Ihr Herz raste. Sie atmete tief ein und aus, sie wurde ruhiger. Dennoch spürte Lilly einen Schmerz in der Brust und litt unter Atemnot. Eine Straße vom Café de Flore entfernt sprang eine Ampel auf Rot. *Einatmen, ausatmen, einatmen, ausatmen.* Der Schmerz ließ nach. Sie parkte ihren Wagen einige Meter vom Café de Flore entfernt und sah in den Rückspiegel. Ihr war, als verdunkelten sich ihre Gesichtszüge, als sie einen Polizisten sah, der die Tür des Cafés öffnete und hineinging.

Ein paar Minuten später betrat sie das Café, sagte sich immer wieder *Einatmen, ausatmen.* Aber da war noch etwas. Sie hatte sich die letzten Wochen sehr seltsam verhalten. Was sollte sie jetzt tun? Sich erklären? Die Leute tuschelten schon hinter ihrem Rücken und sagten: „Das ist sie, guck mal, dieses Mädchen ist ein wenig verwirrt. Wer hätte das gedacht." Panik ergriff Lilly.

Was am meisten schmerzte, war das Gefühl, dass jetzt eine große Verunsicherung dort wohnte, wo früher Liebe und Fröhlichkeit gewesen waren. In der Liebe musste aber auch Platz sein für Versöhnung, hatte sie irgendwo gelesen, aber was tun, wenn der Realitätsverlust sie nach und nach ergriffen hatte? Eine betrogene Liebe, eine Lebenslüge wie auch ein Kindheitstrauma brachten viele Gefühle hervor, nicht nur bei anderen, bei ihr jedoch erwischten die Trugbilder sie. Und es war grauenhaft, immer wieder in eine Welt der Albträume zu gelangen. Die bloße Vorstellung, jeden Tag in der Gewissheit zu verbringen, dass Lucien sie nicht mehr liebte und womöglich mit einer anderen ins Café de Flore kommen würde, die seinen Worten fasziniert lauschte – diese Vorstellung raubte ihr den Verstand. Ebenso sich Tag und Nacht auszumalen, wie er mit seiner Hand über einen Babybauch strich und die Stunden mit seiner Frau genoss, war unerträglich.

Unerträglich langsam zog sich ihr Weg an den Tischen vorbei, bis zum letzten Tisch in einer dunklen Ecke – Tisch Nummer drei, überzeugt, ihn dort anzutreffen. Und da saß er, vornübergebeugt, das dunkle Haar über der Stirn. Er zählte die Zuckerwürfel. *Er zählte Zuckerwürfel!* In der hintersten Hirnwindung entfachte sich die Wut.

Er blickte hoch. Verwunderung huschte über sein Gesicht. Sie zog die Augenbrauen hoch und bewegte die Lippen. Hatte sie etwas gesagt? Sie konnte nichts gesagt haben, dazu hatte sie keine Zeit. Sie reichte ihm einen Espresso, schnell und leicht.

Dann kippte die Tasse. Ein blütenweißes Hemd färbte sich braun. Sekundenlang trübte ein Schauder des Entsetzens sie, dann sah sie ihn wieder an und dachte daran, wie zerbrechlich doch die Liebe war. Ein winziger Sekundenbruchteil, und die Liebe flog wie ein Vogel davon, während sie selbst in eine unbekannte, reale Welt vorstieß, in der der Schleier sich allmählich lichtete.

Nachdem er gegangen war, setzte Lilly sich ohne zu zögern an Tisch drei, als wäre ihr Leben ein einziger, langer Weg bis zu diesem Augenblick gewesen. Was folgte, geschah fast mechanisch: Sie bestellte eine Flasche Wein, nahm Block und Stift aus der Umhängetasche und verspürte dabei eine vage Beklemmung in der Brust.

Dies waren vorerst ihre letzten Zeilen an Minou, die mit *Paris, den 30. September 1981* begannen.

Sie hatte ihre Briefe nie mit einem Datum versehen, und selten einen zum Briefkasten gebracht, aber heute war der Tag der Geständnisse. Heute begann ein neues Leben, ein reales Leben – ohne Wahnvorstellungen, ohne Irrsinn, ohne Albträume, ohne Monsieur Inconnu oder Lucien.

Sie konnte die Dämonen der Vergangenheit hinter sich lassen. Sie hatten soeben Tisch drei im Café de Flore für immer verlassen.

# KAPITEL 46

## MINOU

Die Cafés und Bars am Boulevard St. Germain und Montparnasse waren jene Orte, wo neue Ideen geboren wurden und sich entwickelten, wo Menschen sich kennenlernten und sich wieder trennten. Lilly hatte bis zum Schluss gehofft, behauptete der Barkeeper Jacques, dass ein gewisser Monsieur Inconnu sie am Ort ihres Kennenlernens in die Arme nehmen und ihr sagen würde, dass es im Leben des anderen immer eine Vergangenheit gäbe, die nicht zählte, und dass eine gemeinsame Zukunft vor ihnen läge. Lilly hatte gehofft, sie würden sich küssen, innig, aufrichtig, ein weiterer Erwachsenenkuss, der nichts mit dem flüchtigen Kuss am Anfang ihrer Beziehung zu tun hatte.

Stattdessen schlüpfte Lilly - der Schmetterling - in den Kokon zurück und starb im ‚Café de Flore' am Boulevard Saint-Germain – einfach so – am Tisch Nummer drei, nachdem sie ihre letzten Zeilen an Minou geschrieben und den Bleistift beiseitegelegt hatte.

Niemand hatte die zierliche junge Frau mit dem Haarschnitt und der zarten Figur einer Audrey Hepburn beachtet, die in der dunklen Ecke weinte und später zu schlafen schien, schwor Jacques. Lilly bildete an diesem Tag nur den Hintergrund lärmender Studenten und für die schweigende Flucht anderer Hauptfiguren vor sich selbst. Erst Stunden später war in dem Labyrinth der Gefühlsgassen Jacques die unnatürliche Blässe der „Schlafenden" aufgefallen.

Ihre Schwester wurde fünf Tage später auf dem Friedhof Père-Lachaise beerdigt. Der Trauerzug stellte sich in der Nähe der Chapelle d'Est, der östlichen Kapelle auf, auf dem Chemin du Bassin, dem schmalen Weg, der in Richtung Division 26 führte. Der Sarg wurde getragen von sechs ihr fremden Männern in dunklen Anzügen. Sechs Männer, die gemeinsam vorwärtsschritten.

Lilly hatte irgendwann einmal erwähnt, dass sie sich eine Grabstätte auf dem größten Friedhof von Paris wünschte, weil auf der parkähnlich angelegten Begräbnisstelle viele große Künstler und Schriftsteller lagen.

Lillys Grabstätte lag in der Division 26, mit Blick auf die „Tombes" der großen Literaten Molière und La Fontaine.

Minou weinte leise. Sie konnte es nicht verhindern. Ihre tote Schwester, das offene Grab, der Sarg, die hässliche Erde voller Kieselsteine. *Lilly, geboren 1960, gestorben 1981.*

*

Es waren nur Zahlen, unabänderliche Zahlen, auf ein kleines Kreuz eingraviert, die Minou verzweifeln ließen. Doch alles, worum es im Moment ging, war, die Tote zu beerdigen, den Sarg in das offene Grab zu senken, wie bei jeder Beerdigung, und ihn mit Erde zu bedecken. Mehr nicht. Für Minou war es jedoch unvorstellbar, Lilly in einem Sarg auf Batist gebettet zu wissen, der kalten Erde übergeben.

Sie standen da, ihre Eltern, Lillys Freunde aus dem Café de Flore, ihre Kommilitonen, alle dicht aneinandergedrängt, sich gegenseitig haltend, eine geschlossene Gruppe, die sich in wenigen Minuten auflösen würde. Gleich würden schwarze Limousinen die Gäste in die Rue Velvet, in Lillys Wohnung, bringen, um noch eine Stunde gemeinsam zu verbringen und sich an Lilly zu erinnern, unter ihnen sie, die Schwester, die von einem zum nächsten Stuhl gehen würde, um Kaffee und Häppchen zu reichen.

Nach einer Stunde Lilly würde jeder in sein Leben zurückkehren: Jacques in sein Café de Flore, Fee in die Vorlesung, Tante Beatrice würde ein Nickerchen machen.

*Eine Stunde Lilly.*

Minou fragte sich im Stillen: *Was mache ich danach mit meiner Liebe zu dir, Lilly? Soll ich dich einrahmen und auf den Schreibtisch stellen?*

Nein, eine Stunde Lilly reichte ihr nicht. *Ich bleibe hier, in deiner Wohnung, in Paris. Eine Weile will ich mich dir nah fühlen, deinen Duft einatmen und mich an dich erinnern, nicht nur eine Stunde.*

Ihre Eltern sollten ins Flugzeug steigen, zuhause um Lilly trauern und das Foto der Tochter ins Bücherregal stellen.

Minou war sich nicht sicher, was sie soeben auf dem Friedhof erlebt hatte. Die Mundwinkel ihrer Mutter hatten gezuckt, als würde sie jeden Moment in schallendes Gelächter ausbrechen. Sie wirkte erleichtert und schien nicht um Lilly zu trauern. Keine Träne hatte die Augen ihrer Mutter feucht glänzen lassen. Minou ertrug es nur, weil sie es nicht wirklich glauben konnte. *Nein, es ist nicht wahr.* So kalt konnte ihre Mutter nicht sein und Lilly lag auch nicht dort unten. Doch dieses ‚es ist nicht wahr‘ lag im Herzen der Verdrängung.

Bald würde sie aus diesem Albtraum erwachen. Irgendwann, nur nicht heute. Als Minou sich vom Grab entfernte, kam ihr ein Mann in Polizeiuniform entgegen, der einen kleinen Rosenstrauß in der Hand hielt und mit gesenktem Blick an den Trauergästen vorbeiging. In der Ferne läutete eine Glocke.

Zwei Wochen später gab Minou ihr Gepäck am Gare du Nord auf. Ihr blieb noch Zeit, ein wenig durch das 10. Arrondissement von Paris am Place Napoléon III. zu schlendern. Sie überquerte die Straße und lief den Boulevard de Denaine hinauf, wo bereits einige ihre Geschäfte öffneten. Das feuchte Pflaster trocknete in den ersten Sonnenstrahlen.

Sie zögerte vor der kleinen Geschenkartikelboutique, hatte die Türklinke bereits runtergedrückt, entschied sich aber dann anders. Sie winkte ein Taxi herbei und fuhr zum Friedhof Père-Lachaise.

Minou schmunzelte bei dem Gedanken, dass sie gegen den Willen der Familie Lillys Wunsch erfüllt hatte. Nun lag Ihre Schwester hier zwischen all den Dichtern und Denkern und jubelte gewiss im Himmel.

Die Obduktion hatte ergeben, dass eine Lungenembolie Lillys plötzlichen Tod verursacht hatte. Aber immerhin war sie an einem Ort gestorben, an dem sie einst glücklich gewesen war, hatte ihr der Besitzer vom Café de Flore versichert. Doch Minou hegte Zweifel an Jacques Aussage.

Sie blieb eine Weile vor Lillys Grab stehen. Plötzlich entdeckte sie zwischen dem Blumenmeer einen kleinen Rosenstrauß, in dem eine Karte steckte. Sie nahm die Karte in die Hand und las den Text.

*Wäre es geschehen, wenn ich – der Gast von Tisch drei – mit Ihnen gesprochen hätte, Lilly? Clément*

Minou krauste die Stirn. Sie konnte sich keinen Reim darauf machen. Wer war Clément? In Lillys Briefen war immer nur die Rede von Monsieur Inconnu gewesen.

Vielleicht geschah es in diesem Moment, dass sie eine Entscheidung traf. In ihr tobte die Zuneigung für ihre tote Schwester. Sie wusste so wenig über Lilly. Sie hatte nicht vorgehabt, zu bleiben, sondern früh loszufahren und hatte an diesem Morgen schon vor Sonnenaufgang angezogen auf der Bettkante gesessen. Was sie schon seit Jahren verborgen gehalten hatte, kam an die Oberfläche.

Hatten ihre Eltern sie überhaupt geliebt? Soweit Minou sich erinnern konnte, war es immer die Sorge um Lilly gewesen, die das Familienleben bestimmt hatte. Warum? Sie wollte eine Antwort und sie wusste, dass sie diese nur im Traubenzimmer finden konnte.

Sie holte ihr Gepäck wieder aus dem Schließfach des Bahnhofs und fuhr mit dem Taxi in die Rue Velvet. Nach ihrer Entscheidung wurde der Schmerz erträglicher.

„Ich bleibe bei dir, Lilly", flüsterte sie.

# KAPITEL 47

## *Irgendwo in Paris, 1981*

Clément Rozier, Polizeibeamter im 8. Arrondissement von Paris, schloss die Wohnungstür auf, ging auf seine Frau Marlène zu und küsste sie zärtlich auf den Mund. „Wie geht es dir, Liebling, wie fühlst du dich?"

„Wir beide sind stoned vor Glück", erwiderte Marlène liebevoll und legte ihre Hand auf die enorme Wölbung.

„Ach ja?" Er lächelte, nahm ihre Hand und küsste sie. „Strampelt das Baby wieder kräftig?"

„Es wird ein kleiner Boxer, Liebling. Gleich habe ich eine wunde Hand." Clément ließ die Hand seiner Frau sofort los.

„Ich brauche deinen Rat, Marlène."

Sie lächelte. „Ich höre."

„Vor zwei Wochen haben wir im Café de Flore eine junge Studentin tot aufgefunden. Herzversagen hat der Notarzt gesagt, aber die Obduktion hat eine Lungenembolie bestätigt. Dabei war sie erst einundzwanzig."

Marlène fuhr ihre Hand an den Mund. „Oh wie schrecklich, Clément."

„Sie hatte eine Mappe bei sich mit zauberhaften Skizzen von Lavendellandschaften und den Weinbergen in der Provence. Ich habe sie der Familie gegeben. Aber in ihrer Handtasche fand ich Briefe, die für ihre Schwester bestimmt waren. Nachdem ich sie gelesen hatte, legte ich sie in die Akte und diese –

wie von einer fixen Idee getrieben – in die unterste Schublade meines Schreibtisches, wo niemand sie auf Anhieb finden sollte."

Sie blickte ihn erstaunt auf. „Warum?"

„Aus Rücksicht auf ihre Familie. Lilly hat ihrer Schwester Minou wohl eine Zeit lang geschrieben, aber diese Briefe nicht verschickt. Sie schreibt darin von Erlebnissen aus der Kindheit, die teilweise wohl erschütternd gewesen sein müssen. Sie klagt darin besonders ihre Mutter an." Dass in Lillys Briefen auch von Fantasien über einen „Lucien" die Rede gewesen war, verschwieg er Marlène.

Sie hob eine Augenbraue. „Lilly?"

„So hieß die junge Frau." Clément ging auf die Bar zu. „Ich brauche einen Cognac. Ich habe diese Zeilen heute noch einmal gelesen und sie haben mich sehr betroffen gemacht. Lillys Briefe würden die Familie noch mehr erschüttern. Sie mussten doch schon den Verlust einer Tochter verkraften. Deshalb kommt es, glaube ich, nicht so sehr darauf an, ob Lillys Schwester diese Briefe sofort oder erst später erhält."

„Hast du Lilly denn gekannt?"

„Ja und nein. Ich habe sie häufiger im Café de Flore gesehen. Sie hat dort gekellnert. Du weißt doch, dass ich dort hin und wieder einen Espresso trinke."

„Ja, ich weiß, in deiner dunklen Ecke, an Tisch Nummer drei."

„Dort ist auch Lilly gestorben, Marlène, an Tisch Nummer drei."

„Wie grausam."

Er nickte. „Weißt du, immer, wenn diese junge Frau das Café de Flore betrat, wandelte sich die Atmosphäre schlagartig. Der Raum füllte sich mit kleinen bezaubernden Teilchen, und alles Strenge und Spröde verschwand. Ich glaube, du hast sie auch mal gesehen. Erinnerst du dich an unseren Spaziergang vor einigen Wochen an der Seine? Am Pont Neuf kam uns eine junge Frau entgegen. Als sie uns sah, blieb sie einen Moment stehen, lief aber dann an uns vorbei.“

„Ich erinnere mich. Du hast gegrüßt, aber sie hat deinen Gruß nicht erwidert.“

„Ich glaube, sie war in Gedanken versunken oder einfach nur schüchtern.“

„Erzähl mir mehr von ihr, Clément“, forderte Marlène ihn auf.

„Klein und zierlich war sie“, begann er, „als sie eines Tages im Café de Flore auf mich zukam, wie ein Vögelchen, das soeben aus dem Käfig entflohen war ....“

*

Bei ihm angekommen, hatte Lilly ihn von oben bis unten, gemustert, als wollte sie mit Blicken eine Einschätzung seiner Person ermessen.

„Wie heißen Sie?“, fragte sie fröhlich.

Schweigen. *Clément*, antwortete er in Gedanken.

„Ich bin Lilly. Mein Vater ist Deutscher. Er ist im Saarland zur Welt gekommen. Und wo wurden Sie geboren?“

*Keine Ahnung. Wollen wir uns über unsere Eltern unterhalten?*

„Sie können nicht sprechen? Ein schweigsamer Polizist. Auch gut. Ich erwarte auch nicht, dass Sie sich mit mir unterhalten", hatte Lilly lächelnd gesagt.

Es hatte ihm gefallen. In seinen Augen war Lilly eine vollkommene Schönheit und so ganz anders als die jungen französischen Kellnerinnen, die einfach nur laut waren.

Während seines Rundgangs durch den Bezirk warf er seitdem immer häufiger einen Blick in das Café de Flore.

Es kam ihm vor wie ein Spiel. Lilly brachte ihm seinen Espresso. Dazu gab's einen Glückskeks, der jedoch keine chinesischen Weisheiten enthielt, sondern ein wunderschönes Zitat der Weltliteratur. Wo hatte sie diese Dinger bloß her? Eines Tages fiel ihm auf, dass die anderen Gäste keinen Glückskeks von Lilly bekamen. Erst da spürte er, dass sie ihn wohl mochte ...

Er verstand es nicht und fragte auch nicht nach. Er schlürfte seinen Espresso, zerbröselte den Keks und sog den Spruch förmlich in sich auf. Danach beobachtete er Lilly eine Weile, legte drei Euro auf den Tisch und verließ das Café. In Gedanken verabschiedete er sich immer von ihr.

*Au revoir, Lilly ...*

*

„Ich habe mich ihr nie vorgestellt", sagte Clément nachdenklich, „wir haben niemals ein Wort miteinander gewechselt. Bis auf dieses eine Mal, als es keinen Glückskeks für mich gab. Das war an dem Tag nach unserer Begegnung auf der Brücke Pont Neuf. Da hat sie den Espresso verschüttet, mich angesehen und mich *Monsieur Inconnu* genannt und in ihren Augen lag ein Meer von Traurigkeit."

Als hätte Marlène ihn neu entdeckt, erhob sie sich schwerfällig aus dem Sessel, kam langsam auf ihn zu und nahm seine Hand.

„Ich erinnere mich. Dein Hemd hatte einen riesigen Kaffeefleck. Vielleicht war sie in dich verliebt. Ich müsste jetzt ein bisschen eifersüchtig sein, aber ich bin es nicht."

Mit dem Finger hob er ihr Kinn hoch. „Doch! Ich sehe es dir an. Es gefällt mir."

„Was? Ich sehe eifersüchtig aus? Nein, das bin ich nicht." Marlène seufzte. „Okay, ein bisschen. Aber wirklich nur ein bisschen. Was hältst du davon, wenn du ihre Briefe so lange in deiner Schreibtischschublade liegen lässt, bis unser Baby auf die Welt kommt. Das wäre in etwa einem Monat." In ihrer Stimme lag Zärtlichkeit.

„Das ist ein guter Vorschlag. Bis dahin hat sich der akute Schmerz der Familie über ihren Tod ein wenig verflüchtigt. Ich wusste, dass du mich verstehst, Marlène."

„Wo wurde Lilly denn beerdigt?"

„Sie liegt auf dem Père-Lachaise-Friedhof. Warum?"

„Wäre es nicht eine schöne Geste, sich dort in Gedanken von ihr zu verabschieden?" Sie strich über ihren Bauch. „Leben und Tod gehören nun mal zusammen. Lilly war gewiss besonders", sagte Marlène leise.

„Ja, das war sie. Besonders, und eine begabte Malerin. Ich danke dir, Marlène." Er verschwieg seiner Frau, dass er bereits schon einmal dort gewesen war, um Blumen und eine Karte aufs Grab zu legen. Was zählte schon in einem solchen Moment die Wahrheit?

Er schritt mit Marlène an seiner Seite durchs Zimmer. Nervöse Stille machte sich breit, nachdem sie auf dem Sofa Platz genommen hatten.

Jetzt war es Marlène, die seine Hand nahm und sie küsste. „Was wünscht du dir zu Weihnachten, Clément?"

„Viel wichtiger ist doch das, was *du* dir zu Weihnachten wünschst, ma chérie."

„Glück, Liebe. Leben."

Er spielte den Verzweifelten. „Was wünscht *du dir*, Marlène?"

„Noch mehr davon", erwiderte sie zärtlich.

Clément nahm sie in die Arme und küsste sie leidenschaftlich.

*

Am nächsten Nachmittag legte Clément zum zweiten Mal einen Blumenstrauß aus duftenden Rosen und Lavendelzweigen auf Lillys Grab und verharrte einen Moment.

„Ich habe dich so gern im Stillen beobachtet, *Lilly*", sagte er leise und erinnerte sich an ihre erste Begegnung. Damals hatte sie ihm von ihrem Vater erzählt und sich nach seinem erkundigt. Er hatte geschwiegen.

Er betrachtete das zarte Kreuz. „Mein Vater wurde in Toulouse geboren, Lilly. Dort kam auch ich auf die Welt. Mein Name ist Clément."

Er verließ den Friedhof und schlenderte zu seinem Wagen. Hoch über ihm zog ein Vogel am Himmel vorbei. Ihm fiel ein Zitat aus dem Glückskeks ein: *Niemals wird die Zeit einem*

*Vogel einen Flügel abreißen. Vogel und Flügel sterben immer gemeinsam.*

Lilly war nicht gegangen, wie es andere taten. Sie war an einem Ort eingeschlafen, an dem sie in ihrer Fantasie ein wenig Glück gefunden hatte – im Café de Flore, an Tisch Nummer drei.

*Monsieur Inconnu* … So hatte sie ihn an ihrem Todestag genannt, bevor sie den Kaffee auf sein Hemd verschüttet und ihn dabei nur traurig, aber auch erstaunt angesehen hatte, als würde sie ihn in diesem Moment erst wirklich wahrnehmen – so, als hätte jemand ihr die Augen geöffnet. Das war an ihrem Todestag gewesen. Doch ihn hatte Lilly nicht damit gemeint. Er ging durch die Friedhofspforte, hörte das sanfte Rascheln der Bäume und fragte sich, ob Lillys Leben anders verlaufen wäre, wenn sie miteinander gesprochen hätten.

In diesem Moment glaubte Clément, Lillys Stimme zu hören, so voller Sehnsucht nach einer Liebe...

*„Monsieur Inconnu…"*

# KAPITEL 48

## Gegenwart – 1983

### MINOU

Minou las Lillys verlorengegangen Briefe immer wieder...

Es waren Zeilen, die eine Damalstür öffneten, sie ins Café de Flore an Tisch Nummer drei führten und die ihre Sehnsucht nach ihrer Schwester anfachten...

*Paris, 30. September 1981*

*Liebste Minou,*

*ich möchte dir, meiner „halben" Schwester, etwas erzählen. Etwas, das an dem Wochenende vor meiner Abreise nach Paris geschah. Da lernte ich Lucien, deinen Verlobten, kennen und wir haben uns blendend unterhalten. Danach war es um mich geschehen. Erinnerst du dich?*

Minou erinnerte sich ...

\*

„Lilly, du kennst Lucien noch nicht."

„Bonjour, Lilly."

„Bonjour Lucien."

„Lass Lilly doch erst einmal reinkommen!"

„Ich freue mich sehr, Lilly", wiederholte Lucien. „Wirklich."

Lilly lächelte verlegen. „Natürlich. Ich meine, ich auch. Sicher, ich freu mich auch. Ich bin sehr froh, Sie kennenzulernen. Genau. Das wollte ich sagen."

Ihre Mutter sah Lilly verständnislos an. „Wieso reicht ihr euch die Hand? Seid ihr Fremde?"

„Sie sind Fremde. Was redest du, Magda?", brummte ihr Vater.

„Das ist nicht wahr, Liebling", antwortete ihre Mutter. „Gib ihr einen Kuss, Lucien."

„Ja, das mache ich. Du hast Recht."

Lucien hatte Lilly sanft auf beide Wangen geküsst und noch einmal „Sehr erfreut, Lilly", gesagt.

Danach hatte Lilly Lucien immer wieder angesehen, und die Intensität ihres Blicks hatte von Sekunde zu Sekunde zugenommen. Erkennen, Verständnis und vielleicht Liebe. Der Blick eines Schmetterlings, der vom Himmel fiel. Der sich nach Nähe und Zärtlichkeit sehnte. Es war eine Berührung ohne ihre Hände. Lucien hatte damals den Blick vor so viel Intensität gesenkt, und sie dann wieder angesehen und schüchtern gelächelt.

Minou las weiter.

*An jenem Tag habe ich mich sofort in diesen wunderbaren Mann an deiner Seite verliebt. Aber Lucien hatte nur Augen für dich.*

*Willst du wissen, was mir damals als Allererstes durch den Kopf ging? Wie schön es doch wäre, wenn Lucien als mein ,Monsieur Inconnu', der Unbekannte, aus den Liebesbriefen eines pubertierenden Teenagers emporsteigen könnte, um sich in mich zu verlieben. Ich wollte du sein und schlüpfte in Gedanken in deine Haut.*

*Ich lebte fortan in einer Traumwelt, in der der imaginäre ‚Monsieur Inconnu' eine Hauptrolle spielte. Immer dann war ich euphorisch oder niedergeschlagen. Ich hatte Albträume und litt unter Verstimmungen. Lass es mich dir bitte erklären!*

*Wieder in Paris setzte ich meine Medikamente ab. Die Folgen waren verheerend. Ich begab mich in eine Fantasiewelt, aus der es kein Entkommen gab.*

*Ich fing an, mir auszumalen, wo wir uns das erste Mal begegnen sollten, und holte Lucien in meinen Träumen nach Paris, wo er sich dann in mich verlieben sollte. Und weil ich ihn nicht haben konnte, malte ich mir aus, dass er verheiratet sei und es eine Amour fou werden sollte.*

*Ich bekam einen Job als Kellnerin im Café de Flore, wo ich dann eines Tages - in meiner Traumwelt – Lucien kennenlernte. Ich war sofort von ihm fasziniert, gab mich meinen überschwänglichen Gefühlen hin und ließ mich auf eine Affäre mit ihm ein. Ich tanzte auf allen Wolken, meine Liebe war bedingungslos, wie ich es so oft in meinen Briefen beschrieben habe.*

*In meinen Träumen erwiderte Lucien meine Gefühle und ich fand es spannend, meine imaginäre Beziehung geheim zu halten, selbst gegenüber dir. Monsieur Inconnu – der Unbekannte. Du hast in einigen Briefen von dem Treiben deiner halben Schwester erfahren. Es war alles ein Traum, eine ‚Fata morgana'. Aber es gefiel mir, meine Traumwelt weiter auszuschmücken.*

*Doch dann spürte ich eine Veränderung in mir. Mein Traumpalast fing an zu bröckeln, bekam erste Risse. Plötzlich holten mich die Albträume meiner Kindheit im Traubenzimmer ein, die ich mir nicht erklären konnte. Meine Unbeschwertheit wich einer immer tiefer werdenden Ernsthaftigkeit.*

*Ich konnte bis zu diesem Zeitpunkt nicht mehr zwischen Realität und Traumwelt unterscheiden. Euphorie und Albtraum gingen ein und aus und gaben sich die Hand. Meine Gefühlswelt brach wie ein Kartenhaus zusammen, denn die Realität hob ihren mahnenden Zeigefinger. In meiner Verzweiflung sprach ich mit Tante Beatrice, die mir die Augen öffnete.*

*Alles, was ich dir über Mama, die Anstalt Euphoria und über Émile und das Weingut in der Provence geschrieben habe, entspricht der Wahrheit. Ich stürzte nach dem Gespräch mit Beatrice in eine tiefe Lebenskrise, fühlte mich allein, stellte alles in Frage, was mein bisheriges Leben ausgemacht hat.*

*Und ich möchte dir noch etwas anderes erzählen, Minou. Willst du wissen, was mir als Allerletztes in den Sinn kam?*

*In meinem Schmerz erkannte ich, dass es nicht Monsieur Inconnu, Mama oder sonst wer war, der mir die schlimmsten Enttäuschungen bereitet hatten, sondern der Zusammenprall meiner überschwänglichen Fantasie mit der Realität des Lebens. Ich habe Lucien ein einziges Mal in Paris getroffen und wir haben zwischen zwei seiner Geschäftstermine gemeinsam einen Kaffee getrunken und uns über eure Hochzeit unterhalten. Aber das hat er dir gewiss erzählt. Das war alles.*

*Ich bin in Paris in eine Fantasiewelt geschlüpft, ohne die Konsequenzen zu bedenken. Vielleicht glaubst du jetzt, dass wir beide tief in einem Sumpf der Täuschung stecken, weil ich dir genug Lügen für ein ganzes Leben aufgetischt habe, aber dem ist nicht so. Meine Ärztin in Paris ist der Meinung, dass mein Unterbewusstsein einen Weg gesucht hat, um die Wahrheit meiner Kindheitserlebnisse ans Licht zu bringen. Es hat nicht an rosa Pillen gelegen, die ich eigenständig abgesetzt hatte. Irgendetwas in mir wollte wissen, wer und was ich bin. Insofern hat sich die Reise nach Paris gelohnt.*

*Ich werde mein Studium für ein Jahr unterbrechen und in die Provence ziehen, um zukünftig auf ‚La perle du soleil', dem Weingut meines Vaters, zu leben. Hier liegen meine Wurzeln und mein wahres Zuhause. Das weiß ich mittlerweile. ‚La perle du soleil' ist ein Ort, wo ich meine Einsamkeit, meine Unsicherheit, meinen Wunsch nach Anerkennung und meine Unschwesterlichkeit überwinden und meine Lebenslust wiederfinden werde. Alles wird gut. Ich begebe mich auch dort in die Obhut eines Arztes, um das, was man mir in Euphoria angetan hat, zu verarbeiten, um mich auf all das Schöne zu besinnen, das man in Euphoria versucht hat, aus meinem Gedächtnis zu löschen.*

*Es ist ein Verbrechen, Kindheitserlebnisse auszulöschen, insbesondere dann, wenn sie so wunderbar sind, wie Erinnerungen an die Zeit mit meinem Vater Émile auf dem Weingut.*

*Vielleicht wirst du mich eines Tages mit Lucien auf ‚La perle du soleil' besuchen und wir werden dann gemeinsam ein Glas Wein trinken, der aus unseren Reben Cinsault, Grenache, Syrah und Rolle gewonnen wird. Oder wir bestaunen das Feuerwerk der Provence-Farben: das Weiß der Steine, das der Häuser, das Rot der Dachziegel, das Blau des Himmels, das Silber der Olivenhaine, das Gelb der Mimosen und das Lila des Lavendels. Wir schnuppern die Aromen der Blumen, die von den Parfümherstellern aus Grasse in Düfte verwandelt werden, oder die der Kräuter, die der südländischen Küche ihre Würze verleihen: Thymian oder Rosmarin. Aber vor allem werden wir die süßen saftigen Trauben von La perle du soleil kosten.*

*Jetzt, hier am Tisch Nummer drei, wo alles angefangen hat, schreibe ich dir diese Zeilen, weil ich dich um Verzeihung bitten möchte. Wir haben in den vergangenen Monaten nur selten miteinander telefoniert. Du hast deine neue Liebe gekostet und ich meine imaginäre, die mich fast hätte abstürzen lassen, wäre Beatrice nicht gewesen. Ich spielte im Traubenzimmer jene Lilly,*

*die du kanntest, sobald wir mal miteinander sprachen. Wie es in
Wirklichkeit um mich stand, wusste niemand.*

*Heute zerrt der Abgrund nicht mehr an mir, Minou. Ich bin stark.
Ich bin nicht verrückt, ich bin dieselbe, denn ich bin das Kind in
meinen Träumen, das sich in Paris im Traubenzimmer wiedergefunden hat.*

*Ich kann heute nicht sagen, ob ich Mama jemals verzeihen
werde, dass sie mir nicht gesagt hat, dass ich Émiles Tochter bin
und dass sie mich nach Euphoria gebracht und was sie mir damit angetan hat. Einige Nächte sind vergessen, verschwunden in
der Masse meines dunklen, verhangenen Lebens. Doch ich habe
zu mir selbst zurückgefunden. Durch die Erinnerung an Émile,
in Wärme und Behagen, mit vagen Erinnerungen und im tasten-
den Wiedererkennen meiner gewohnten Welt und der alltägli-
chen Dinge.*

*Vielleicht werde ich ihr irgendwann einen Brief schreiben, denn
ich möchte alles über meinen Vater Émile erfahren. Vielleicht
werden ihre Worte mich dann versöhnlich stimmen. Vielleicht.*

*Ich rufe dich an, sobald ich hier alles geregelt habe und wieder
auf „La perle du soleil" bin.*

*In Liebe*

*Lilly*

*PS: Alles wird gut. Minou. Für immer.*

# KAPITEL 49

## *1983 – Gegenwart*

*Ihre Jane Avril ...*

Den Brief des Fremden hatte sie am Vormittag auf Lillys Grab entdeckt, und sein Inhalt machte Minou bewusst, dass es Dinge gab, die sie niemals für möglich gehalten hätte. Zum Beispiel, dass es da jemanden gab, der einer fremden Frau im Namen einer verstorbenen Berühmtheit einen Brief schrieb, und dass dieser Jemand ihre Zeilen an Lilly gelesen und ihr als *Jane Avril* geantwortet hatte. Zuerst war sie wütend darüber gewesen, aber nach mehrmaligem Lesen erkannte Minou, dass nur eine Person diesen Brief geschrieben haben konnte, die Lillys Geschichte kannte.

Noch einmal überflog sie die Zeilen.

*Liebe Minou,*

*mein Name ist Jane Avril und mein Grab liegt unweit von Lillys Stätte entfernt. Ich habe mir erlaubt, Ihre Zeilen an meine Freundin Lilly zu lesen. Lilly und ich sind in den vergangenen zwei Jahren gute Freundinnen geworden. Uns verbindet sehr viel. Sie wird mir diese Indiskretion verzeihen.*

*Ich starb am 16. Januar 1943 und ging als eine neurotische Moulin-Rouge-Tänzerin in die Geschichte ein. Ich bin eine Künstlerin, wie Lilly eine große Literatin war. Vielleicht hat sie sich mir deshalb eines Nachts anvertraut, mir ihre Geschichte erzählt.*

*Die Toten erheben sich in der Nacht immer aus ihren Gräbern. Wussten Sie das? Auf dem Friedhof Père-Lachaise machen wir da keine Ausnahme. Dann plaudern wir miteinander. Lilly ist*

*seit zwei Jahren eine von uns. Wir mögen sie. Wir, das sind Moli-*
*ère, Honoré de Balzac, Claude Tillier, Appolinaire, Chabrol, Co-*
*lette, Delacroix, Edith Piaf und Maria Callas, um nur einige zu*
*nennen. Aber lassen Sie mich erst einmal von mir erzählen. Dann*
*verstehen Sie vielleicht, warum ich Ihnen diese Zeilen schreibe.*

*Ich war erst sechzehn Jahre alt, als ich meine Karriere begann.*
*Vorangegangen waren eine schwer belastete Kindheit und Ju-*
*gend: Mein Vater, der italienische Marchese Luigi de Font, hat*
*die Familie verlassen und von meiner Mutter wurde ich geschla-*
*gen. Schließlich wurde ich in die Nervenheilanstalt Hôpital de la*
*Salpêtrière eingewiesen, wo mein Arzt und Geliebter, Jean-Mar-*
*tin Charcot, mit mir Experimente durchführte. Aus diesem Ner-*
*venkrankenhaus wurde ich schließlich nur entlassen, weil die*
*Pflegerinnen von meinem tänzerischen Talent begeistert waren.*
*Das hat mir vermutlich das Leben gerettet. Aber ich habe mich*
*gerächt, indem ich mich in meinen Liebhaber Charcot, ein-*
*brannte, wie ein Brenneisen in ein Tier. Es hat mir allerdings au-*
*ßer Genugtuung nicht viel gebracht.*

*Ich begann meine tänzerische Laufbahn mit einer Tanzimprovi-*
*sation als „Reitende Schönheit" und wurde schon bald zum Star.*
*Meine Kindheit und Jugend habe ich, trotz meines späteren Er-*
*folgs als Moulin-Rouge-Tänzerin, nie überwunden.*

*Ich starb auf eine spektakuläre Weise, indem ich versucht habe,*
*im Alter von 74 Jahren aus dem Bett in eine Holzkiste auf Rädern*
*zu klettern. Es ging nicht. Nun ja, ich war immer schon ein wenig*
*verrückt.*

*Was verbindet mich nun mit Lilly? Man hat uns beiden etwas*
*Wesentliches gestohlen: unsere Kindheit. Vielleicht habe ich Lilly*
*deshalb in mein Herz geschlossen und helfe ihr, sich hier zu-*
*rechtzufinden. Ein Leben ohne Kindheit kommt einer Amputa-*
*tion gleich, ein entscheidender Teil fehlt. Früher war ich immer*
*einsam und unglücklich, trotz meiner besonderen Ausstrahlung*

*und meiner zahlreichen Bewunderer. ‚Doch die Liebe überwindet alles', hat Lilly einmal gesagt. ‚Wider besseren Wissens, aber trotzdem. Es tut nur ein bisschen weh.'*

*Auch Lilly hat ein ähnliches Schicksal erlitten: die Amputation einer Kindheit. Wir haben all denjenigen verziehen, die uns etwas genommen haben. Denn das Verzeihen ist die Grundvoraussetzung für das Glück und ein erfülltes Leben, liebe Minou. Die Schönheit des Verzeihens und das Glück liegen doch immer dicht beieinander. Lilly und ich – wir haben verziehen und sind glücklich gestorben. Tun Sie es auch. Bitte.*

*Ihre Jane Avril*

Minou legte den Brief beiseite.

Plötzlich entwich ihrer Kehle ein klagender Laut, ein dünner, kaum hörbarer Ton. *Liebe verzeiht alles …* Das hatte Lilly tatsächlich immer gesagt. Sie schnappte nach Luft und ein Schrei brach aus ihr hervor, in dem sich der ganze aufgestaute Schmerz der vergangenen zwei Jahre Luft machte. Die Heftigkeit ihres Gefühlsausbruchs erschreckte sie. Sie weinte und schrie, bis ihre Lungen schmerzten. Doch irgendwann beruhigte sie sich wieder.

Nach einer Tasse Kaffee fühlte sie sich wieder besser, betrat die Dachterrasse und atmete die klare, kalte Luft tief ein und aus. Sie hatte eine Entscheidung getroffen.

Nachdem sie Lillys Briefe gelesen hatte, war ihr erster Gedanke, die Zeilen ihren Eltern zu zeigen, mit ihnen über Lilly zu sprechen und den Kummer zu teilen, den sie hervorriefen. Aber hätte ihre Schwester das gewollt?

Der Brief der Jane Avril hatte ihr schließlich Klarheit gebracht und ihr die Augen geöffnet. Wem wäre damit gedient, wenn sie Lillys Geheimnis nach all den Jahren lüftete? Wem wäre damit gedient, wenn sie Lillys Geheimnis nach all den Jahren lüftete? Sie würde die geliebten Menschen um sich herum ins Unglück stürzen. Und sie würden noch härter werden, noch verlorener. Davon war sie überzeugt.

Minou fasste den Entschluss, sich von Lillys Briefen für immer zu trennen. In der Nacht bohrte sie ein Loch in den Verputz, versteckte darin Lillys gebündelte Briefe, bedeckte sie mit Mörtel und übermalte das Traubenmuster neu.

Irgendwann würde dieses Haus einen neuen Besitzer haben. Wenn dann mit der Zeit der Verputz abbröckelte, würde der Eigentümer die gebündelten Briefe finden: vergilbt, mit weißen Farbklecksen, verlorene Zeilen, Zeugnisse einer großen Liebe.

Minou stellte sich vor, wie diese Person beim Lesen der Briefe von Emotionen übermannt wurde. Staunen, Kopfschütteln, Lachen, Weinen, Liebe, Hass, Verachtung, Trauer, Entsetzen, Wut, gewürzt mit der Angst, Lillys letztem Begleiter eines Tages selbst begegnen zu müssen.

Lillys Briefe, ein Zeugnis ihrer Tage im Traubenzimmer, lagen nun wohlbehütet hinter dem Mörtel und dort sollten sie auch bleiben – für immer.

Es gab Menschen, die dachten, sie würden sterben, wenn die zweite Hälfte ihrer Seele verschwand. Aber Minou hatte schon immer gewusst, dass man dieses Glück nicht für sich buchen konnte. Ihr Vater hatte ihrer Mutter nie zugeflüstert, man könne aus Liebe sterben. Heute wusste Minou warum.

Im Traubenzimmer lauschte sie durch die offene Tür den sanften Klängen des Mobiles, dessen Stäbchen durch den Luftzug ständig in Bewegung waren, Klänge, die Minou sagten, dass sie die richtige Entscheidung getroffen hatte und, dass sie Paris vermissen würde.

Lillys Briefe, ein Zeugnis ihrer Tage in Paris, lagen nun wohlbehütet hinter dem Mörtel und dort sollten sie auch bleiben – für immer.

Und so schrieb sie am Hochzeitstag einen letzten Brief an Lilly...

# KAPITEL 50

*Liebste Lilly,*

*heute ist der 16. Februar 1984, mein Hochzeitstag. Ich bin glücklich. Alle sind glücklich.*

*Heute – an meinem Hochzeitstag – schreibe ich dir diese Zeilen und hoffe, dass du sie in deinem Himmel den Engeln zeigen wirst.*

*Ich habe deine Briefe erst vor wenigen Tagen erhalten, zwei Jahre nach deinem Tod. Der Polizist Clément hatte sie in seiner Schublade vergessen und irgendwann landeten sie im Archiv. Der Zufall führte ihn ins Musée d'Orsay zu deinem Bild L' Amour perdu. Er hat sich erinnert und mir deine Briefe in den Briefkasten geworfen und ... eine Eintrittskarte zur Ausstellung der „Liebenden". Als ich dein Bild dort sah, habe ich geweint. Es hängt zwischen Marc Chagall und Gustav Klimt, wie du es einst prophezeit hast. Na ja, es steht dir auch zu. Schließlich liegst du auch auf dem Père-Lachaise-Friedhof zwischen all den Künstlern, Schriftstellern und Musikern.*

*Clément macht sich wegen der Briefe große Vorwürfe. Aber ich kann es ihm nicht verübeln. Seine Frau bekam damals eine Tochter, hat er mir geschrieben, und dieses Glück hat alles andere verdrängt.*

*Er hat mich auf einen Kaffee eingeladen und wir werden demnächst im Café de Flore an Tisch 3 über dich zu sprechen. Clément sagt, er sei ein hoffnungsloser Romantiker und würde gerne etwas über dich erfahren, denn ihr habt niemals miteinander gesprochen. Mir gefällt diese Idee.*

*Ich habe deine Zeilen der Liebe im Mauerwerk der Terrassenwand verschwinden lassen und sie mit Mörtel verputzt. Deine*

227

*Briefe sind dort gut aufgehoben, denn dort wird sie niemand finden. Der Weinstock rankt noch immer an der Wand vom Traubenzimmer empor und verdeckt die Stelle.*

*Später werde ich weinen, weil du heute, an meinem Hochzeitstag, nicht an meiner Seite bist. Ich werde weinen, weil du seit zweieinhalb Jahren tot bist und ... weil ich blind war.*

*Alles ist gut, Lilly. Nein, nichts ist gut. Du liegst auf dem Père-Lachaise-Friedhof, statt mit mir meine Hochzeit zu feiern. Dort bist du unter all den Engeln, genießt das Herbstflirren, riechst die modrigen Blätter, Wolken jagen an deinem Himmel vorbei und später Schneeflöckchen, die deine Seele treiben. Du bist jetzt an einem Ort, an dem es keine Trennung, keine Schatten und keine Tränen gibt, sozusagen entlassen in die Ewigkeit. Dennoch wirst du immer bei mir sein. Du zeigst mir deine Freude, indem du die Wolken mit deinem Strahlen tanzen lässt und Gewitterwolken und Blitz und Donner davonjagst. Du vertreibst meine Trauer und lässt mich spüren, dass du in meiner Nähe bist und auf mich achtest.*

Minou hielt einen Moment inne und dachte an Lucien. Sie hatte ihm nichts von Lillys Gefühlen erzählt, weil sie davon überzeugt war, im Sinne ihrer Schwester gehandelt zu haben. Auch ihren Eltern hatte sie die Briefe verschwiegen. Sie hätten sie nur zusätzlich belastet. Und wozu? Alte Wunden sollte man nicht aufreißen. Was zählte schon die Wahrheit? Niemandem wäre heute mehr damit gedient. Es kam nur auf die Wahrhaftigkeit der Gefühle an. Das hatte das Gespräch mit ihrer Mutter Minou am Vorabend gezeigt ...

*

Minou schenkte ihrer Mutter ein Glas Wein ein und setzte sich zu ihr an den Küchentisch.

„Schau mich nicht immer so vorwurfsvoll an, Minou! Ich trauere im Stillen um deine Schwester."

Minou winkte ab und nippte an ihrem Glas. „Keine Träne, Mama. Keine einzige Träne."

Ihre Mutter nickte. „Nicht auf dem Friedhof, nicht in Paris. Aber in diesem Haus, Minou, hier trauere ich um mein Mädchen."

Minou seufzte. „Lilly hat erfahren, dass Émile ihr leiblicher Vater war, Mama."

„Ich weiß. Beatrice hat es mir gesagt." Sie ergriff ihre Hand. „Ich habe Lilly geliebt, wie ich dich liebe, Minou. Aber ihr konnte ich es nicht zeigen. Lilly war wie ihr Vater. Ihn jeden Tag durch unsere Tochter vor Augen zu haben, war meine Strafe."

„Und Papa?"

Ihre Mutter schmunzelte plötzlich. „Ich weiß nicht, ob du das verstehen kannst, aber ich liebe beide Männer. Schlimm?"

Minou zuckte mit den Schultern. „Hat Papa das denn akzeptiert?"

„Ja, denn ich habe mich für euch entschieden, für meine Familie, und ich habe es nie bereut!" Rasch leerte sie ihr Glas. „Allerdings war ich auch Émile gegenüber verpflichtet. Einzig aus Liebe zu Lilly habe ich deine Schwester zu ihm in die Provence gebracht, obwohl mir durchaus bewusst war, dass die Trennung von der Familie ein kleines Mädchen belasten könnte. Aber ich wollte, dass Lilly sich eines Tages an ihren leiblichen Vater erinnert."

Wieder nickte Minou. „Verstehe."

„Émile war ein ‚Springbrunnen der Liebe'. Das trifft auch auf Lilly zu. Man kann endlos, überall nach der Liebe suchen, aber Lilly hatte diese besondere Art. Es tröstet, mich zu wissen, dass sie das von ihrem Vater geerbt und sich ihr Anderssein bewahrt hat."

Plötzlich weinte Minou. „Mama, verzeih mir."

Ihre Mutter sprang auf, kam auf sie zu und umarmte sie innig. „Ich weiß, Minou. Lilly hat uns so viel gegeben. Sie war eine begnadete Künstlerin und wird immer bei uns sein, weil wir uns an ihren Bildern der Provence erfreuen können. Lilly war ein großes Geschenk. Aber das bist du auch, mein Mädchen..."

*

Minou nahm den Stift wieder in die Hand.

*Es ist unglaublich, wie gut die Liebe alles Schreckliche ausblenden kann, selbst wenn sie dazu wenig Zeit hat. Und wie die Liebe Menschen immer wieder zusammenführt.*

*Meine Zeilen an dich werde ich heute bei mir tragen, Lilly, damit sie nicht verloren gehen. Danach jage ich sie durch die Lüfte zu Clément, der sie dann auf dein Grab legen wird.*

*Er hat mir ein Foto seiner kleinen Familie geschickt und ... verdammt nochmal, Lilly, er sieht Lucien wirklich sehr ähnlich. Vielleicht hast du deshalb entschieden, dass er dein Monsieur Inconnu sein sollte.*

*Ich umarme dich, wo immer du auch bist.*

*Deine Minou.*

Minou steckte den Zettel in das weiße Spitzenstrumpfband, das ihre Mutter ihr für die Trauung geschenkt hatte. Sie stand auf, strich ihr apricotfarbenes Kostüm glatt und ging ins Wohnzimmer.

Lucien erwartete sie bereits. „Du siehst fantastisch aus. Komm, setz dich einen Moment." Lucien nahm ihre Hand.

„Aber sicher."

„Ich habe dir etwas Wichtiges zu sagen."

„Ich höre."

„Ich liebe dich."

„Übst du für das Standesamt?"

„Haha. Ich liebe dich wirklich."

Sie grinste. „Bist du jetzt völlig übergeschnappt? Hör sofort damit auf, du machst mir Sorgen! Warum machst du das?"

„Für uns beide. Du hast mich mal gefragt, wann ich das letzte Mal etwas für jemand anderen als mich selbst empfunden hätte, jetzt könnte ich dir antworten. Bis ich dich kennenlernte – noch nie. Meine Gefühle für dich haben mich völlig überrascht."

„Ah ja", entgegnete Minou. „Heute beenden wir hier und jetzt unsere Amour fou. Ist dir das klar, Lucien? Und was machst du morgen?"

„Ich werde morgen mit meiner Frau verreisen. Ich möchte ab sofort immer mit ihr zusammen sein, mit ihr leben."

Sie schubste ihn an. „Okay, Scherzkeks, dann mal los!"

Eine halbe Stunde später wurden sie getraut. Sie gaben sich das Ja-Wort, unterzeichneten die Heiratsurkunde und verließen nach den Glückwünschen des Beamten das Standesamt. Der Himmel zeigte sich von seiner schönsten Seite: blau und strahlend.

„Alles in Ordnung?", fragte Lucien zärtlich.

Minou nickte. „Ich bin jetzt deine Frau." Sie war in gelöster Stimmung. „Deine Puppe musst du jetzt ganz doll liebhaben und jeden Tag mit ihr spielen."

„Ich könnte mir nichts Schöneres vorstellen, als mit dir zu spielen. Schon mal dran gedacht, dich vom besten Gen-Spender schwängern zu lassen? Er wird anschließend dich, deine Höhle und den Nachwuchs beschützen."

„Okay. Heute Nacht eröffne ich unsere Giga-Spielwiese."

„Ich kann's kaum erwarten", flüsterte Lucien. Die Sonnenstrahlen warfen ihr Licht auf Minous Gestalt. Ihr Gesicht leuchtete pfirsichfarben, als er sie zärtlich auf den Mund küsste.

Und Lilly …?

Minou stellte sich vor, wie ihre Schwester hoch über den Wolken lächelte, sich mit den Weingöttern unterhielt, ihr Glück wünschte und die Winde des Himmels zwischen Lucien und ihr tanzen ließ.

# WEITERE ROMANE DER AUTORIN

## *OVERKILL – Der Puppenspieler*

**„*Ich habe über Dinge nachgedacht, die mit dem Buchstaben M anfangen: Miststück, Meuterei, Missetat, Mord.*"**

(Hutmacher – Alice im Wunderland)

Hauptkommissarin Mo Celta kehrt traumatisiert aus der Ukraine zurück und lässt sich für einige Monate vom Dienst beurlauben. Doch als eine junge Frau ermordet im Auwald aufgefunden wird, erinnert der Fall Mo an die Opfer des „Puppenspielers". Und an Viktoria Wittensee, die Frau des Münchener Anwalts Alexander Wittensee, die seit drei Jahren verschwunden ist und dem Opfer ähnlich sieht.

Gemeinsam mit Thomas Berger, ihrem Kollegen von der Vermisstenstelle „Letzte Spur", ermittelt Mo auf eigene Faust und kommt einem ungeheuerlichen Verbrechen auf die Spur. Geprägt von den Horrorszenarien ist sie fest entschlossen, den Täter zu fassen - notfalls mit Gewalt.

In Mo Celtas viertem Fall **„*Der Puppenspieler*"**, in dem die Indizien die Form von Scharaden annehmen, entwirft Astrid Korten ein Spiel aus Täuschungen, Irreführungen und Fallgruben, das so faszinierend ist wie ein teuflisches Kindermärchen.

# MONDTEUFEL

Eine endlose Leere hat Tausend Gedanken,

mit Mängeln behaftet.

Vollmond

Zeit für Angst,

für Verlogenheit,

für Lügen, für Mord.

Zeit für den Mondteufel.

Stellas Bruder Jordi wird im Alter von acht Jahren ermordet. Kurz nach dem Mord werden drei Jugendliche verhaftet und aufgrund eines Indizienprozesses zu zehn und acht Jahren Haft verurteilt.

Dreißig Jahre später erleidet die 42-jährige Stella eine Hirnblutung und wird in die Rehabilitationsklinik *Euphoria* verlegt. Wochen vergehen, an die sich Stella nach dem „Aufwachen" nicht erinnern kann. Sie erfährt, dass ihre Mutter gestorben ist und ihr Mann sie urplötzlich verlassen hat. Auch geschehen seltsame Dinge in der Klinik.

Sie fragt sich, wem sie noch trauen kann, seitdem ihr Gedächtnis sie im Stich lässt. Langsam beschleicht Stella das ungute Gefühl, dass nicht alle Veränderungen auf ihre Hirnblutung zurückzuführen sind ...

# DIE VERDAMMTEN

Drei Menschen glauben, dass sie zu den Verdammten dieser Welt gehören, denn verdammt ist, was die Seele stört. Sebastian ist geschieden, darf seine Kinder nicht sehen und hat einen finanziellen Engpass. Da kommt das lukrative Angebot seiner Kundin Tina, ihre Enkelin zu unterrichten, wie gerufen. Er ahnt nicht, worauf er sich einlässt. In der Klinik trifft er zufällig auf die attraktive Krankenschwester Cherry, die er unbedingt kennenlernen möchte.

Cherry hat jedoch eine verhängnisvolle Affäre, die ihr Leben zu einer Farce werden lässt. Sie sehnt sich nach einer Vertrauten und freundet sich mit ihrer liebenswürdigen, übergewichtigen Kollegin Karo an.

Karo, die selbst ein Geheimnis in sich trägt, kann sich das urplötzliche Interesse ihrer Kollegin nicht erklären und wird zunehmend misstrauisch. Eines Tages führt ein Missverständnis sie zusammen. Kurz darauf wird eine Grenze überschritten...

**DIE VERDAMMTEN** ist ein spannender Psychothriller über Lügen, Versagen und das Überschreiten von Grenzen, der wie ein Roman beginnt und sich wie ein tosender Sturm entlädt.

# TAL DER SEHNSUCHT

Er spürt das Erwachen,

den Duft von Jasmin, der sein Gesicht streift,

und er versteht die Liebe.

Jamie McHannay, Mathematikprofessor an der Universität von Toronto, kehrt 1962 in die Einsamkeit der kanadischen Wälder zurück. Bei der Beerdigung seiner Mutter trifft er seinen Stiefvater Logan Taylor wieder. Trotz der gemeinsamen Jahre auf der Farm hegt Jamie einen Groll gegen den Mann, den er aber nie ergründen wollte.

Nach der Beerdigung erhält Jamie aus dem Nachlass seiner Mutter ihre Tagebücher, und die seines leiblichen Vaters.

Jamie taucht tief ein in das Leben der hart geprüften Siedler, erfährt von Katastrophen, Spannungen, Ausgrenzung, Sehnsüchten und großen, leidenschaftlichen Gefühlen...

**Ein hochemotionaler Roman vor der grandiosen Kulisse der unendlichen Weiten Kanadas, in dem sich alle Höhen und Tiefen menschlicher Leidenschaft entfalten.**

# HAUS DER ANGST

Ein Junge wird in einen Keller verschleppt. Ein brutaler Killer verbreitet Angst und Panik. Eine junge Frau hat das Grauen der Vergangenheit nicht vergessen und beginnt zunehmend die Kontrolle zu verlieren.

In dem Thriller HAUS DER ANGST wird das Verbrechen stets effektvoll in Szene gesetzt. Doch wer sind die Opfer und wer die Täter? Wie stehen sie zueinander? Alle Spuren der bestialischen Verbrechen führen in das blaue Haus der Angst.

**HAUS DER ANGST ist ein bitterböser Psychothriller über Angst, Vergeltung und unbändigem Zorn.**

**460 Seiten Spannung pur**

# ICH – IM DUNKEL DER ANGST

ICH weiß, wie die Hölle aussieht.

ICH bin eine Überlebende.

ICH werde dir dieselbe Erfahrung zukommen lassen ...

Willkommen im Dunkel der Angst.

Pia und ihre Schwester Hannah wollen in Warnberg neu beginnen. Die Geschwister tragen beide eine schwere Schuld auf ihren Schultern. Eines Tages erhalten sie eine Nachricht: Willkommen im Dunkel der Angst. Die Vergangenheit holt sie unerbittlich ein. Bald kehren nicht nur Winterstürme, Nebel und Misstrauen ins idyllische Warnberg ein, sondern auch das Grauen, das die Geschwister immer stärker bedroht, bis sie um ihr Leben fürchten müssen.

*Bildgewaltiger, raffinierter und nervenzerreißender Psychothriller um Mobbing und großer Schuld, mit eindrucksvoller Intensität erzählt.* **Westdeutsche Allgemeine Zeitung**

# ÜBER DIE AUTORIN

Unter dem *Pseudonym Mo Kendrik* schreibt die Bestseller-Autorin Astrid Korten Romane.

Ihr Spezialgebiet sind Thriller und Psychothriller. Ihre Thriller erreichen fast alle die Bestsellerlisten vieler Plattformen. In den USA wurde die Autorin mehrfach ausgezeichnet.

Mit dem Roman „Whispering Love" zeigt sich die Autorin von einer anderen Seite: romantisch, gefühlvoll, poetisch.

Mehr über die Autorin: www.astrid-korten.com